내 마음의 작은 동네

내 마음의 작은 동네

초판 1쇄 발행 2014년 4월 25일

글 · 최서영
발행인 · 김윤태
발행처 · 도서출판 선
출판등록일 · 1995년 3월 27일
등록번호 · 제15–201호
북디자인 · 전순미

주소 · 서울시 종로구 낙원동 58–1번지 종로오피스텔 1020호
전화 · (02) 762–3335
팩스 · (02) 762–3371

ISBN 978–89–6312–477–3   03810

내 마음의 작은 동네

최 서 영 수 필 집

평생을 살면서 나는 적잖은 책을 읽었다. 언론에 종사했던 탓으로 숱한 신문과 잡지까지 찾아 많은 글을 읽었다.

젊을 때부터의 버릇이지만 나는 글을 읽을 때 꼭 기억해 두고 싶은 것이 있으면 그때그때 그것을 메모해 간직하는 습관이 있다. 어떤 경우에는 글을 읽고 불현듯 떠오르는 인스피레이션inspiration이나 감상이 있으면 그 자리에서 그것을 단상斷想으로 써 놓을 때도 있었다. 또 이곳저곳 이름 있는 유적지를 여행했을 때에는 빠짐없이 그 곳의 사적史蹟과 그때의 내 느낌을 꼭 적어 놓았다. (이것은 아마 기자생활에서 생긴 습성인 것 같다.)

세월이 흐르면서 이렇게 작성된 메모수첩과 단상노트가 자꾸 쌓이게 되었다. 그러나 나는 어느덧 노경老境에 접어들었

4

다. 이제 모든 것을 정리해야 할 나이에 이른 것이다. 그래서 그 동안 쌓인 그 수첩과 노트를 꺼내 하나 둘 정리해 보았다.

내 머리 속에 형성되었던 지식 공간, 나만의 세계였던 내 마음의 작은 동네 모습을 다듬어 본 셈이다.

여기 수필집이라는 이름으로 내놓게 된 이 책은 바로 그 과정에서 나온 자료를 버리기 아까워 써 본 글들이다. 삶에 대한 나름대로의 생각을 써 본 것도 있고, 요즈음 세태에 대한 비판조의 글도 있다. 내 주변의 친구 이야기도 있고 추억담도 있다. 고향과 관계되는 글도 있고 여행을 다닌 기행문도 있다. 수필집이나 산문집이라기보다 잡문집雜文集이라 표현하는 것이 더 어울릴지도 모르겠다.

나는 가을비를 좋아한다. 겨울을 재촉하는 늦가을, 지척지척 비가 내리는 날이면 늘 마음이 차분해진다. 그리고 글이 쓰고 싶어진다. 이것은 나의 개인적인 취향이라 젊었을 때부터 그랬다.

내가 태어난 농촌 집에는 마당 주변에 나무가 많았다. 오동나무 감나무 밤나무들이었는데, 비 오는 날이면 그 나뭇잎에 떨어지는 빗소리가 일정한 리듬을 타면서 마치 음악처럼 들렸다.

내가 가을비를 좋아하는 취향은 어릴 때의 이런 환경 때문에 생겨난 것이 아닌가 여겨진다. 이런 탓이었는지 이 책에 수록된 글은 대부분이 작년 늦가을에 쓴 글들이다. 특히 겨울을 재촉하는 비가 추적추적 내릴 때 쓴 글이 많다.

그러나 써 놓고 보니 이렇다 할 만한 에스프리도, 가끔 되뇌일 만한 잠언箴言도 없는 보잘 것 없는 졸문이라는 생각이 든다.

하지만 나로서는 볼품이 없어도 내 마음속에 있는 작은 동네 모습이라 버리기 아까워 감히 세상에 내놓기로 했다. 욕심으로는 속기俗氣 없는 수묵화처럼 고아한 품격을 지니는 글을 써 보려 했으나 그것도 재능이 모자라 이루지 못했다. 범을 그리고자 했으나 고양이도 제대로 못 그린 격이다.

글은 읽는 사람에게 공감을 갖게 해야 한다. 더 나아가 어떤 형태가 되었건 영향을 줄 수 있다면 더 바랄 것이 없다. 글은 쓰는 사람의 지식과 교양을 그대로 보여 주는 정직한 거울이다. 그 거울 속에서 혹 어떤 것을 얻는 사람이 있다면 글을 쓴 사람으로서는 더없이 큰 보람을 느낄 것이다.

세상에서 가장 좋은 바람은 천지를 뒤흔드는 폭풍이나 태풍이 아니다. 이름 없는 잡풀을 살짝 일깨워 주는 정도의 조그마한 미풍이 가장 좋은 바람이다. 글도 그와 같은 것이어야 한다고 나는 늘 생각해 왔다. 요란하지 않고 은근히 스며드는 산들바람 같은 그런 글이 좋다.

돌아보면 평생을 책 읽고 글 쓰는 것으로 시간을 보낸 나로서는 아직껏 이런 경지의 글을 쓰지 못했다. 그 동안 책을 몇 권 출판한 것이 있으나 그것이 얼마만큼 독자에게 스며들었는지 자신이 없다. 부끄럽기 그지없다. 나는 결코 나르시스가 아니다.

내 마음의 작은 동네

그래서 혹시 이번에 내놓는 이 책이 우리 주변의 탁한 공기를 조금이나마 정화시킬 수 있는 미풍, 산들바람이 될 수는 없을까 억지 기대를 해 본다.

　이 글을 쓰는데 옆에서 꼼꼼히 자료를 챙겨준 아내와 이 책을 만들어 준 선출판사 김윤태 사장께 감사를 드린다.

　박목월 시인의 수상집을 보면 나이를 표기하는 방법으로, 가령 61세이면 제육십除六十 일세一歲라는 표현이 있다. 이 표기 방법으로 표현하면 내 나이는 이제 제팔십除八十 일세一歲이다.

2014년 이른 봄

최 서 영

| 차례 |

책을 내면서

내 마음의 작은 동네

내 마음의 작은 동네

고향

고향이라는 말은 언제 들어도 정다운 느낌을 준다. 그곳은 어머니의 품같이 아늑하고 눅진한 감회가 뼛속까지 젖어드는 그런 곳이다.

질화로에 재가 식어지면
빈밭에 밤바람 소리 말을 달리고
엷은 졸음에 겨운 늙으신 아버지가
짚벼개를 돋아 고이시는 곳
그곳이 차마 꿈엔들 잊힐리야

고향을 그린 정지용의 이 시를 읽으면 누구나 지나간 세월, 어릴 적의 아련한 추억들이 가슴 저리도록 그리워진다. 특히 시골 농촌에서 자란 사람이면 기나긴 겨울 밤, 텅 빈 밭에 부는 스산한 바람 소리를 평생 잊지 못할 것이다.

귀소본능歸巢本能 때문인지 사람은 모두 자기가 태어나 자란 곳으로 돌아가고 싶어 한다. 옛날 시詩에도 "북쪽에서 온 말은 북녘 바람을 향해 서고 남쪽 땅에서 온 새는 남녘으로 뻗은 가지에 둥지를 튼다(胡馬依北風 越鳥巢南枝)."라는 구절이 있다. 또 연어는 산란기가 되면 알을 낳기 위해 각기 태어난 곳을 찾아간다. 수천 리 물길을 마다하지 않고 마지막에는 강물을 거슬러 오르기까지 하는 이 고기떼를 보면 귀소본능은 오래전부터 내려온 만물의 본성인 것 같다.

그래서 그런지 설날이나 추석 명절이 되면 우리나라는 고향을 찾는 사람들 때문에 온 천지가 몸살을 앓는다. 고속도로를 가득 메운 차량 행렬, 손에 손에 선물 보따리를 들고 모여드는 버스 터미널과 기차역의 귀성객 모습은 민족의 대 이동이라는 표현이 나올 만큼 해마다 되풀이 되는 우리의 풍속도가 되었다.

명절 때면 고향을 찾고 조상을 추모하는 풍습은 농경農耕 민족이면 어디서나 볼 수 있는 보편적 현상이다. 중국에도 있고 일본에도 있다. 그러나 우리처럼 극성스럽지는 않다. 그만큼 우리의 고향 찾는 모습은 좀 유난스럽다고 할 수 있다. 왜 그럴까. 생각해 보면 우리나라 사람들이 갖는 고향에 대한 이미지 속에는 단순한 노스탤지어nostalgia 이외에 핍박받던 민족의 수난, 거기에서 유래된 애절한 한恨의 유전인자가 배어 있는 것 같다.

　　어쩔 수 없이 고향을 등지고 낯선 땅을 헤매게 된 수난의 역사를 들추자면 한이 없다. 임진왜란, 병자호란 때의 일은 옛날 얘기로 돌리더라도 근세에 와서 나라를 잃자 많은 사람이 고향을 떠나는 신세가 되었다. 일본, 만주, 하와이, 심지어 우즈베키스탄이라는 머나먼 중앙아시아에까지 흘러가 살게 되었다. 이들에게 있어 고향은 서럽고 낯선 땅에서의 모진 고생을 이겨내는 힘의 충전기였다. 그리고 언젠가는 꼭 돌아가 한을 풀어 보고 싶은 인생의 종착점이기도 했다.

　　식민지 백성에게 있어 고향이 어떤 곳인가는 문학작품으로도 많이 그려졌다. 이태준이 쓴 「고향」이라는 단편소설도 그

하나라 할 수 있다. 1939년 동아일보에 연재된 이 작품은 일본 유학을 하고 귀향한 식민지 조선 지식인이 현실 속에서 무기력한 자신을 발견하는 것을 내용으로 하고 있다. 주인공 김윤경이 동경에서 서울로 돌아와 현실이라는 벽에 부딪혀 술을 마시고 난동을 부리다 유치장에 갇히는 이야기인데, 식민지 지식인의 좌절과 울분 그리고 고향 상실을 잘 보여 주고 있다.

나라를 빼앗기고 우리 동포들이 고향을 떠나게 되는 상황은 당시의 자료를 보면 명확해진다. 1910년, 일본은 우리나라를 병탄하자 곧바로 전국에 걸쳐 토지조사사업이라는 것을 실시했다. 그 결과 소유권이 애매하다는 이유로 100만여 정보町步의 논밭과 1천1백만여 정보의 산림을 빼앗아 국유화시켰다. 그리고는 일본인에게 그 땅을 활용하도록 했다.

뿐만 아니라 일본은 조선 농촌에서 생산되는 쌀을 가혹하게 수탈해 갔다. 1920년도의 조선 쌀 생산량이 1,270만석이었는데 그 20%에 해당하는 290만석을 빼앗아 일본으로 가져갔다. 1932년에 이르러서는 1,590만석 생산량의 절반에 가까운 760만석을 수탈해 갔다. 땅과 경작권을 빼앗긴 데다 쌀까지 수탈당한 조선 농민들은 살길이 막막했다. 그래서 먹고 살기 위해 고향을 떠나 낯선 이국땅으로 흘러가는 신세가 되었다. 품팔이 막노동꾼으로 일본에 간 사람은 1913년에 3,900명이었던 것이 1919년에는 36,000명, 1939년에는 100만 명으로 늘어나다가 1945년 해방되던 해에는 강제 징용된 사람까지 합쳐 200만 명에 이르게 되었다. 이 가운데서 8·15 해방 후 귀국을 포기하고 그냥 눌러 앉아 살게 된 사람이 60여만 명에 이르렀다. 이들이 오늘의 재일동포들이다.

일본 이외의 땅으로는 만주의 간도間島, 오늘의 중국 길림성 일대로 많은 동포가 흘러갔다. 당시의 상황을 알려주는 정확한 자료는 없지만 1927년 한 해에 56만 명이 만주 간도로 간 기록이 있다. 그리고 같은 해인 1927년 4월 14일자 동아일보를 보면 "원산元山을 경유해 간도 지방으로 가는 유랑동포가 지난 3월 한 달 동안에만 2만 명을 넘었다."는 기사가 실려 있다. 이것으로 미루어 볼 때 만주 시베리아 연해주 쪽으로 흘러간 동포의 수는 수백만 명에 이르렀다고 추산할 수 있다.

고향을 등지는 민족의 수난은 여기서 끝나지 않았다. 8·15 해방과 6·25 전쟁을 겪으면서 더 큰 비극이 찾아왔다. 국토가 분단되고 휴전선이 생기는 바람에 멀쩡히 눈 뜬 채 생이별을 하게 된 이산가족, 고향을 지적에 두고도 가지 못하는 실향민이 수없이 생겨났다. 또 전쟁 통에 모든 것을 잃어버린 사람들이 새 삶터를 찾아 줄줄이 미국 땅으로 가는 이민 행렬이 이어졌다. 눈물 없이는 이야기할 수 없는 이런 사연들이 겹치고 겹치면서 형성된 민족정서의 유전인자가 바로 고향을 애타게 그리워하는 유별난 심성이 되지 않았나 여겨진다.

누구나 잘 부르는 대중가요 가운데서도 김정구의 「눈물 젖은 두만강」, 고복수의 「타향살이」, 백년설의 「고향 설雪」, 한정무의 「꿈에 본 내고향」 등이 여전히 불멸의 애창곡이 되어 있는 것만 보아도 알 수 있다. 이 노래들은 모두 고향을 떠나 객지를 떠도는 애달픈 신세를 한탄하는 내용들이다.

그러나 이제 시대는 많이 변했다. 우리는 아직도 남북이 갈라선 채 통일을 하지 못하고 있지만 옛날의 우리는 결코 아니다. 나라가 독립되었을 뿐 아니라 아주 잘 사는 세계 상위권 국가가 되었다. 이에 따라 우리들의 고향 모습도 많이 달라지고 있다. '밤바람 소리가 말 달리는 소리'처럼 들려오던 빈 밭은 겨울이면 비닐하우스로 변하고 있다. 또 동네 입구에 있던 느티나무와 옹달샘은 새로 생긴 콘크리트 농로農路 때문에 그 흔적조차 찾을 수 없게 되었다.

꽃다지, 질경이, 딸쟁이, 민들레, 솔구쟁이, 쇠민쟁이, 길오쟁이, 달래, 무릇, 시금치, 씀바귀, 돌나물, 비름, 능쟁이….

이것은 이효석李孝石의 「들」이라는 수필의 첫머리에 나오는 풀 이름들이다. 「메밀꽃 필 무렵」이란 향토색 짙은 작품으로 유명한 이 작가는 우리말을 아름답고 정겹게 구사하는 데 있어 어느 누구도 따를 수 없는 수필을 많이 남겼는데, 특히 나는 그가 쓴 이 나물과 풀 이름을 읽을 때마다 내가 자란 고향의 들과 밭이 눈앞에 훤히 펼쳐지곤 했다. 그런데 지금은 그곳이 모두 비닐하우스로 변해 버렸다.

뿐만 아니라 시골 '고향' 하면 으레 연상되던 징검다리, 실개천, 물레방아, 서낭당도 이제는 찾아보기 어렵게 되었다. 특히 내가 자란 고향 마을에는 상여를 보관해 두는 곳집이라는 것이 산비탈에 있었는데, 어릴 때 그 앞을 지날 때면 귀신이 나온다는 말에 오금아 날 살려라 하고 뛰었던 곳이었다. 그런데 지금은 추억만 있을 뿐 그런 것이 있었다는 것을 기억하는 사람조차 드물어졌다.

고향이 변한 것은 자연환경만이 아니다. 생활모습도 마찬가지로 달라졌다. 냇가에 모여 앉아 방망이질하면서 빨래하던 아낙네들 모습도 사라졌고, 초저녁이면 심심찮게 들려오던 다듬이 소리도 이제는 들을 수 없게 되었다. 해가 바뀌는 세모 정초가 되면 섣달 그믐날 밤에 했던 묵은세배 풍속도 없어졌고, 새해 아침이면 온 동네를 서로 오가며 돌아다니는 세배꾼의 모습도 보기 어려운 세상이 되었다. 우리나라가 농업사회에서 산업사회로 발전해 모든 사람의 생활이 나아지고 윤택해진 것은 좋은 일이다.

그러나 이 과정에서 우리가 간직해야 할 본연의 모습마저 없애 버리는 어리석음을 저지르지 않았는지 반성해 보아야 한다. 시골은 시골답고 도시는 도시다워야 하는데 그렇지 못한 것 같다. 세태에 밀려 함부로 손댄 난개발 때문에 추억을 보관하고 있었던 목가적인 고향의 옛 모습이 사라지는 것은 못내 서운한 일이다.

내 놀던 옛 동산에 오늘 와 다시 서니

산천의구란 말 옛 시인의 허사로고

예 섰던 그 큰 소나무 베어지고 없구려

변해가는 고향에 대한 상실감을 나타낸 노산 이은상의 시 「옛 동산에 올라」의 구절이다. 이 시는 지금도 많은 사람이 되뇌고 있다. 또 토속성의 향수鄕愁를 그림같이 그려냈던 시인 정지용도 "고향에 고향에 돌아와도 그리던 고향이 아니라고" 자기 자신과 고향산천의 변화에서 오는 실향성을 탄식했다.

산꿩이 알을 품고
뻐꾸기 제철에 울건만

마음은 제 고향 지니지 않고
먼 항구로 떠도는 구름

이런 심경은 누구나 가지는 현대인의 우울증인데 옛 사람도 변화에 대한 심정은 마찬가지였던 것 같다. 임진왜란 당시를 살았던 유명한 서산대사西山大師도 고향에 대해 다음과 같은 시를 남긴 것이 있다.

三十年來返故鄕 人亡宅廢又村荒

青山不語春天暮 杜宇一聲來杳茫

떠난 지 삼십 년 만에 고향이라 돌아오니
알던 사람 없어지고 눈익은 집 다 헐렸네
푸른 산 말이 없고 봄 하늘은 저무는데
두견새 소리만 멀리서 들려오네

오래 떠나 있었던 고향에 돌아와 보니 알던 사람 다 없어
지고 이것저것 모두 변해 허전함을 느끼는 심정이 잘 그려져
있다.

고향에 대한 그리움과 실망이 뒤엉킨 글은 외국에도 많이
있다. 중국의 문호 루쉰魯迅이 쓴 「고향」이라는 단편이 좋은 예
라 할 수 있다. 그의 이 작품에는 쇠락해 가는 중국의 쓸쓸한
모습이 배경으로 깔려 있다. 신해혁명으로 봉건왕조를 타도
했으나 새 시대는 오지 않았다. 군벌軍閥들이 할거하는 혼란만
계속되었고 이 틈을 타 열강들이 덤벼들고 있었다. 루쉰은 이
런 시대를 살았던 작가였다.

그는 고향을 찾아가 보았으나 아무런 활기도 찾아볼 수

내 마음의 작은 동네

없었다. 무기력한 적막감이 감돌뿐이었다. 어릴 때 명절이 오면 즐겁게 같이 놀았던 옛 동무는 그를 도련님이라 부르며 어려워하고 있었다. 봉건적 신분제도의 인습이 아직도 고향을 지배하고 있었기 때문이다. 그래서 그는 "아아 이것이 20년 동안이나 잊지 못하고 그리워했던 고향이란 말인가!" 탄식한다. 하지만 그는 이 작품 말미를 다음과 같은 글로 맺음했다.

"희망이라는 것은 땅 위의 길과 마찬가지로 원래 있었던 것도 아니고 없었던 것도 아니다. 땅 위의 길은 원래 있었던 것이 아니라 다니는 사람이 많아지면 그곳이 바로 길이 된다."

루쉰이 「고향」이라는 작품에서 표현한 이 말은 많이 인용되는 명구名句가 되었다.

일본의 어떤 문인은 고향이라는 것은 멀리 두고 생각하는 곳이라 했다. 현실에서 오는 상실감을 피하기 위한 방편일 수 있다. 그러나 모든 것이 아무리 변한다 하더라도 사람에게 있어 고향은 여전히 그리운 곳, 가고 싶은 곳이다.

언제든 가리

마지막엔 돌아가리

목화꽃이 고운 내 고향으로

조밥이 맛있는 내 고향으로

아이들이 하눌타리 따는 길 머리엔

학림사鶴林寺 가는 달구지가

조을며 지나가고

대낮에 여우가 우는 산골

등잔 밑에서

딸에게 편지 쓰는

어머니도 있어라

이것은 여류시인 노천명이 쓴 「고향」이라는 시이다. 인생
의 종착점을 귀향으로 삼고 있는 한국인의 정서를 표현한 것
이라 할 수 있다. 늙어서 고향에 내려가 전망 좋은 곳에 집을
짓고 그곳에서 유유자적, 자연과 벗하면서 살려는 사람이 있
다면 그는 정말 부러움을 살만한 사람이다.

　내 친구 중에 이런 사람이 몇 명 있다. 사극작가로 유명한
신봉승辛奉承 씨와 언론인 김성우金聖佑 씨가 그렇다.

나와 초등학교 동창인 신봉승은 고향인 강릉 경포호수 옆에 집을 지었다. 거울 같은 호수와 푸른 바다 수평선이 바라다 보이는 이곳에서 그는 많은 명작을 썼다. 48권으로 된 대하소설 『조선왕조 5백년』도 이곳이 산실이었다. 또 한국일보 주필을 지낸 김성우는 내 대학동창인데 경남 통영의 욕지도라는 외딴 섬이 고향이다. 몇 년 전 그 섬에 김성우의 문장비文章碑가 세워졌다. 고향을 그리는 그의 글이 너무 좋아 통영시가 세운 것인데, 나는 그 제막 행사에 참석한 일이 있다. 아름다운 한려수도, 남쪽 바다가 내려다보이는 언덕 위에 세운 비석에는 다음과 같은 글귀가 새겨져 있다.

　　"나는 돌아가리라. 내 떠나온 곳으로 돌아가리라. 출항의 항로를 따라 귀항하리라. 바람 가득한 돛폭을 달고 배를 띄운 그 항구에. 이제 안식하는 대해의 파도와 함께 귀항하리라. 어릴 때 황홀하게 바라보던 만선滿船의 귀선, 색색의 깃발을 날리며 꽹과리를 두들겨대던 그 칭칭이 소리 없이라도 고향으로 돌아가리라. 빈 배에 내 생애의 그림자를 달빛처럼 싣고 돌아가리라."

그는 그의 문장비가 서 있는 언덕 밑 마을에 아담한 집을 지었다. 노년을 보내고자 하는 그의 집은 하얀 배 모양으로 된 이층집이었다.

낙엽귀근落葉歸根. 고향이라는 것은 누구에게나 늙어갈수록 가까워지는 그런 곳인 것 같다.

"요즈음엔 환한 달만 쳐다 봐도 새록새록 그리움이 사무쳐 눈물에 달빛이 번진다. 그저 죽기 전에 고향 땅 한번 밟아 보는 것이 소원인데 이젠 나이가 많아 이도 저도 다 틀리지 않았나 싶다."

얼마 전 이산가족 상봉과 관련해 신문에 보도된 어느 실향민 노인의 피맺힌 한탄이다.

빨간 마후라

빨간 마후라는 우리나라 공군 조종사의 상징물이다. 1960년대 초, 작가 한운사韓雲史 씨가 이 제목으로 드라마를 썼다. 그것이 영화로 폭발적 인기를 얻으면서 공군의 심볼이 되었다.

이 작품을 쓴 한운사의 문학기념관이 얼마 전 그의 고향인 충북 괴산에 세워졌다. 고인과 생전에 인연이 깊었던 나는 기념관을 찾아 그가 남긴 유품들을 두루 구경했다. 육필 원고, 만년필, 안경 등 여러 가지가 있었지만 빨간 마후라의 영화 장면이 유독 크게 벽면을 장식하고 있었다.

스무 살 청년 시절부터 여든이 훨씬 넘어 타계하기까지 한운사는 60여 년 동안 많은 작품을 썼다. 방송 드라마, 영화 시나리오, 장편소설, 시詩에 이르기까지 문학의 온갖 장르를 넘나들며 활동한 작가였다. 그래서 그는 작가作家가 아니라 잡가雜家를 자칭하기도 했다. 그의 작품 중에는 「아낌없이 주련다」 「현해탄은 알고 있다」 등 유명한 것이 많으나, 대중에게 가장 널리 알려지기는 「빨간 마후라」가 으뜸인 것 같다.

6 · 25 전쟁 때 우리 공군의 유일한 전투부대는 강릉에 있었던 제10전투비행전대였다. 빨간 마후라는 바로 이 비행전대의 이야기이다. F-51 무스탕 전투기로 단독 출격 작전을 감행한 이 비행대는 많은 자랑거리를 낳은 부대였다. 특히 미공군이 500회나 출격해 실패한 평양 승호리 철교 폭파 임무를 단 3회의 출격으로 성공시킨 신화를 창조하기까지 했다. 평양 동쪽 10Km, 대동강 지류에 있는 승호리 철교는 북한군이 군수 물자를 중동부 전선으로 수송하는 보급로의 요충 지점이었다. 북한군은 이 철교를 지키기 위해 2중 3중의 대공 포망을 쳐 놓고 전투기의 접근을 막고 있었다. 우리 공군은 미군이 불가능하다고 판단한 1,500피트 저고도 비행을 감행하면

　　　　　　　　　　　　내 마음의 작은 동네

서 폭파 작전을 성공시켰다.

또 강릉의 10전투비행대는 전쟁 기간을 통해 우리 공군이 수행한 8,500회의 출격 임무 가운데 92%에 해당하는 7,800회의 출격을 해냈고, 100회 이상 출격한 조종사도 39명이나 배출했다. 한운사가 쓴 빨간 마후라는 바로 이 전투비행대의 조종사와 강릉 아가씨와의 애틋한 사랑을 다룬 작품이다.

강원도 강릉은 내 고향이다. 전투비행대의 무스탕 전투기가 쉴새 없이 뜨고 내리면서 전쟁을 하고 있을 때 나는 그곳에서 고등학교를 다니는 학생이었다. 100회 출격이 있는 날은 강릉의 남녀 고등학생들이 비행장 활주로에 늘어서서 귀환하는 조종사에게 꽃다발을 바치며 축하하는 행사를 가졌었다. 검은 선글라스에 빨간 마후라를 두르고 전투기에서 내리는 파일럿의 늠름한 모습은 사춘기의 고등학생들에게는 더할 수 없는 우상이었다.

푸른 하늘을 자유롭게 날며 지상의 적을 공격하는 그 통쾌한 맛은 상상만 해도 신이 났다. 지금도 그때를 생각하면 나는 짜릿한 느낌을 갖게 된다.

사람은 환경의 지배를 받는 동물이다. 그래서 그때 많은

공군 조종사들이 강릉 여자들과 결혼을 했고, 또 공군 조종
사가 되려고 강릉의 고교 졸업생들이 앞다퉈 공군사관학교
에 응시했다.

나도 그중의 하나여서 1953년, 공군사관학교 5기생 모집
에 응시했다. 당시는 전쟁 중이어서 시험은 사관학교가 있는
경남 사천에서 본 것이 아니라 공군 기지가 있는 곳마다 분
산해 실시했다. 나는 강릉 비행장에서 본 1차 필기시험에 합
격했다. 금시 빨간 마후라를 목에 두르게 된 것처럼 기뻤다.

그러나 2차로 실시된 정밀 신체검사에서 불합격 판정을 받
았다. 조종사가 되기에는 신체 조건이 너무 허약하다는 이유
였다. 할 수 없이 공군 조종사가 되려는 꿈을 접고 나는 일반
대학으로 진학했다. 내가 만약 그때 신체검사에 합격해 전투
기 조종사가 되었더라면 내 인생 행로는 어떤 모습이었을까.
지금도 간혹 그런 생각을 할 때가 있다.

빨간 마후라의 꿈이 좌절된 지 6년 후, 나는 신문기자가 되
어 국방부를 출입하게 되었다. 당시 국방부장관은 6 · 25 때
공군참모총장을 지낸 김정렬金貞烈 장군이었다. 하루는 김 장
관과 전쟁 때 겪은 얘기를 하던 중 내가 공군사관학교를 지망

했었다는 얘기를 했다. 그랬더니 김 장관은 "지금이라도 공군 사관학교 교복을 한번 입어 보겠느냐."고 했다. 나는 그게 무슨 말이냐고 했더니 빙긋 웃으면서 방법이 있으니 한번 해 보라는 것이다.

나중에 안 일이지만 그때 공군에서는 사관학교를 홍보하기 위해 1일 입교入校 프로그램을 구상 중에 있었다. 각계에서 활약 중인 신진 엘리트 몇 명씩을 골라 학기별로 한 번씩 이들을 단기 입교시켜 사관생도 체험을 시킨다는 내용이다. 그래서 나는 김 장관의 주선으로 1959년 이 프로그램에 의해 영등포 남쪽에 자리잡은 공군사관학교에 입교, 단기 체험을 하게 되었다. 이때 신문기자로 함께 입교한 사람은 정종식 씨와 백동주 씨였다. 일주일 미만의 단기 체험이었지만 사관학교 교복을 입고 훈련을 받는 등 나로서는 참으로 감개무량한 경험이었고 "사람 팔자 알 수 없다."는 말을 몇 번이고 실감나게 하는 사건이었다.

공군 조종사들이 어떻게 해서 빨간 마후라를 목에 두르게 되었는가. 이것도 이때 알게 되었다. 전쟁 중이던 1951년 당시, 강릉 제10전투비행단 대장이었던 김영환 장군이 어느 날 그의 형님 집을 방문했다고 한다. 그는 전투기에 오를 때면 늘 붉은 머플러를 착용했던 독일의 전설적인 파일럿 '리히트호펜'을 흠모해 왔다는 것이다.

김 대장은 형님 집에서 형수의 붉은색 치마를 보는 순간 머플러가 생각났다고 한다. 그래서 형수에게 붉은색 천으로 머플러를 만들어 달라고 졸라 목에 두르게 되었고, 이것이 조종사 전체로 번져 빨간 마후라가 되었다는 것이다.

지금 강릉 기지에 있는 전투비행단 전시관에는 빨간 마후라 1호를 비롯해 여러 전쟁 유물이 있다. 이 가운데는 고인이 된 '앙드레 김'이 정성들여 만든 마후라도 있는데 거기에는 그의 특유한 오리엔탈 문양이 돋보여 눈길을 끌게 한다.

한운사가 쓴 「빨간 마후라」의 시나리오는 1959년 MBC 라디오에 방송된 연속극 주제가 「강릉 아가씨」를 모티브로 해서 만들어졌다. 작가 한운사는 내가 강릉 태생인 것을 알고 생전에 나만 보면 「빨간 마후라」를 쓰던 당시 강릉에 갔던 얘기를 수없이 했다. 그가 남긴 회고록 『구름의 역사』를 보면 그때 상황이 다음과 같이 쓰여 있다.

내 마음의 작은 동네

MBC의 황용주 사장이 나한테 작품을 쓰라고 했다. 나는 빨간 마후라를 내밀었다. 한국 전쟁 때 출격하는 조종사들의 무사귀환을 갈망하는 강릉 아가씨들의 순정을 그린 것이다. … 인기 프로가 됐다. 모두 좋아했다. 신상옥 감독이 영화화 하겠다고 나섰다. … 시나리오가 완성되자 신 감독이 "주제가를 좀 신나는 것으로 바꿨으면 좋겠는데"라고 했다. 명동거리를 걷다가 문득 가사가 떠올랐다.

빨간 마후라는 하늘의 사나이 / 하늘의 사나이는 빨간 마후라 / 빨간 마후라를 목에 두르고 / 구름 따라 흐른다 나도 흐른다 / 아가씨야 내 마음 믿지 말아라 / 번개처럼 지나갈 청춘이란다.

찻집에 들어갔다. 담뱃갑 은종이에 미친 듯이 적었다. 신 감독은 작곡을 세 사람에게 의뢰했다. 어느 날 밤 전화가 왔다.

"들어 보세요. 내 마음에 드는 것이 있어요."

그것이 오늘날의 「빨간 마후라」 주제가이다. 황문평이 작곡했다. 영화가 상영된 명보극장이 인산인해를 이루었을 때 나도 기분이 좋았다. 이 영화는 해외로 팔려 나갔다.

7월 3일은 공군이 정한 '조종사의 날'이다. 6 · 25 전쟁 당시인 1950년 7월 3일, 우리 공군의 F-51 무스탕 전투기가 첫 출격한 날을 기념해 생긴 날이다. 이 조종사의 날을 있게 한 최초 출격 63주년을 맞아 2013년 7월 3일, 「빨간 마후라」의 주연 배우였던 신영균 씨와 최은희 씨가 공군의 초청으로 10전투비행단을 찾았다.

영화감독이었던 신상옥 씨와 작가 한운사 씨, 또 영화 주제가를 작곡해 유행시켰던 황문평 씨는 이미 고인이 되어 생존자만 옛 비행단을 찾게 되었다. 영화가 만들어진 지 꼭 49년 만이었다. 85세의 노인이 된 신 씨와 최 여사는 눈시울을 적시며 옛날 생각에 감개무량해 했다.

"영화 마지막에 제가 전투기에서 전사하는 장면이 나와요. 조종석 앞 유리를 뚫은 적탄에 맞는 설정이었는데 그때는 특수 촬영기법이 없었으니까 실탄을 쏘기로 했죠. 아주 힘들고 어려운 촬영이었어요."

주인공 조종사 역을 맡았던 신영균 씨의 말이었다. 또 강릉 아가씨 역을 맡았던 최은희 씨는 "1964년 빨간 마후라 개봉 당시 서울 인구가 100만 명 정도였는데 36만 명이 이 영화를 봤을 정도로 엄청난 인기를 끌었다."고 지난날을 회상했다. 신

씨는 이 영화로 제11회 아시아 영화제에서 남우주연상을 받았다. 10전투비행단을 찾은 왕년의 빨간 마후라의 주연 배우 신 씨와 최 씨는 이날 젊은 조종사들과 함께 어울려 "빨간 마후라는 하늘의 사나이…" 하고 영화 주제가를 소리 높이 불렀다.

빨간 마후라의 발생지인 강릉 비행장에는 지금 제18전투비행단이 주둔하고 있다. 6·25 때의 10전투비행대가 있던 곳을 이어 받은 이 부대는 휴전선에서 가장 가까운 곳에 위치한 전투비행단이다. 낮뿐만 아니라 야간에도 초계비행을 하고 있고 격납고 옆에 있는 비상 대기실에는 조종사들이 비상 출격 태세를 갖추고 24시간 대기하고 있다. 레이더망에 조금이라도 이상 징후가 보이면 즉각 출격, 초전박살을 신조로 삼고 있다.

6·25 전쟁이 멎은 지 60주년이 되는 지금, 우리 공군은 막강한 전투력을 가진 군대가 되었다. F-15k 전투기 조종사들이 최초로 공중 급유를 받아가며 알래스카까지 장거리 비행을 감행, 미 공군과 함께 레드 플래그 작전을 훌륭히 해냈다.

또 지난해에는 영국에서 있은 공군 특수 비행팀 경연에

서 우리 공군의 블랙이글스가 최우수팀으로 선발됨으로써 우리 조종사들의 비행 기술이 세계 톱클래스에 이르렀음을 과시하기도 했다. 옛날과 비교하면 하늘과 땅 차이만큼 크다. 6·25 때 모든 젊은이의 가슴을 뛰게 했던 빨간 마후라의 후예들이다.

나는 그들을 생각할 때마다 고향 하늘이 눈앞에 펼쳐진다. 강릉 비행장은 푸른 파도가 출렁이는 동해 바다와 맞닿은 곳에 있다. 기지를 떠난 무스탕 전투기들이 바다 상공에서 편대를 짜면서 북쪽으로 날아가던 그때 그 광경이 지금도 눈에 선하다. 빨간 마후라는 이렇게 나로 하여금 언제나 젊은 날을 추억하게 만든다.

제2의 인생

나는 15년 전에 대장암 수술을 받았다. 예순여섯 살 때의
일이다. 40여 년에 걸쳤던 직장생활을 마감하고 이제 좀 자
유스럽게 살 수 있겠거니 했던 바로 그때 암 진단을 받은 것
이다. 예상하지 못했던 일이라 당시의 참담했던 심경은 이루
말할 수 없다. 그때는 암이라면 거의 죽는 것으로 알았던 시
절이다.

이것으로 내 인생이 끝나는가 생각하니 허무하기도 하고
억울하기도 했다. 만감이 교차했다. 그러나 어찌하랴, 인명은
재천이라 모든 것을 하늘에 맡길 수밖에…. 가족들이 걱정되

었다. 나는 아이들이 많다. 1남 4녀, 다섯이다. 내가 외아들로 외롭게 자란 탓에 아이들 많은 것이 좋았다. 그 동안 이 아이들을 그럭저럭 다 키워 냈다고는 하지만 아직도 일이 많았다. 더욱이 나에게 무슨 일이 생긴다면 홀로 남은 아내가 어찌 살아갈지 걱정이 꼬리를 이어갔다.

나는 서울대병원에 입원해 수술을 받기까지 이런저런 생각 때문에 많은 고통을 겪었다. 괴로움을 벗어나기 위해 스스로 위로가 될 만한 것도 많이 찾았다. 의술이 발달했으니 설마 죽기야 하겠는가 하는 생각도 했고, 내 나이 환갑을 넘겼으니 나이가 아깝다는 말은 안 나오겠다는 생각도 했다. 내 선친과 모친은 환갑 나이를 전후해 돌아가셨고, 내 빙부는 50대 초반에 작고했다. 이분들에 비하면 나는 오래 산 것이 된다.

수술 받기 전날, 나는 집도의 박재갑 교수에게서 자세한 상황 설명을 들었다. 대장암은 4기로 나누는데 나는 2기에 해당된다는 것이고, 수술 환자가 마취에서 깨어나지 못하는 확률은 통계적으로는 몇만 분의 1이므로 걱정하지 말라는 것 등이었다. 그러나 의사 입장에서 보면 사고율이 몇만 분의 1이될지 모르지만 당사자인 나에게는 깨어나거나 못 깨어나거나 둘 중의 하나이니까 정확히 반이라는 얘기가 된다. 나는 착잡한 심정으로 막내딸을 가만히 불러 만일의 경우 일이 생기면 꼭 연락을 해야 할 친구 몇 사람의 전화번호를 알려 주었다.

수술 당일 날 새벽, 근심에 젖은 눈으로 나를 지켜보는 아내에게 "죽지 않을 테니 걱정 말라."고 안심시키면서 수술실로 들어갔다. 내가 입원한 후 아내는 한 시도 편안한 시간을 갖지 못한 채 천지신명께 나를 살려 달라고 기도하면서 나날을 보낸 것을 나는 알기 때문이다.

다행히 수술이 아무 사고 없이 잘 끝나고 나는 회생했다. 그러나 그로부터 1년 간 항암 치료라는 또 다른 고통과 싸워야 했다. 지금은 의술과 약이 많이 발달해 환자의 고통이 크게 완화되었다고 하는데 그때만 해도 옛날이다. 방사선 치료에 이어 항암 주사를 맞고 나면 입안이 헐고 구미가 없어지고 구역질이 나고 토하는 일이 늘 되풀이 되었다.

체중이 빠져 몰골이 말이 아니었다. 거울에 비친 내 모습을 나도 보기 싫을 만큼 몸이 수척했다. 암세포는 우리 몸의 정상 세포보다 불규칙하게 빨리 자란다. 따라서 항암 치료라는 것은 빨리 자라는 세포를 죽이는 처방을 뜻한다. 그러나 약의 부작용도 만만치 않다. 빨리 자라는 세포는 암(악성)세포 뿐만 아니라 양성 세포까지도 무차별적으로 공격을 당한다. 머리 카락이 빠지고 입안이 허는 것도 두발 세포와 구강 세포가 일 반 세포보다 빨리 자라는 특성 때문이다.

나는 이런 고통 속에서 암과 싸웠다. 나를 치료한 종양내과 의 김노경 교수 말에 의하면, 5년 이내에 암이 재발하지 않거 나 다른 부위에 전이되지 않으면 치료된 것으로 본다는 것이 다. 이것이 이른바 '5년생존론'이다. 나는 이제 5년을 세 번 넘 겼으니 확실히 암에서 해방된 셈이다. 옛날 같으면 나는 이 병 으로 죽었을 것이다. 의술의 발달이 나를 살려주었다.

이때부터 나는 제2의 인생을 새로 사는 격이 되었다. 인생 2모작이라는 말이 있는데 내 경우가 바로 여기에 해당된다. 이제 무엇부터 다시 시작해 볼 것인가. 나는 곰곰이 생각했다. 어떤 시인은 그의 시작詩作 50주년을 기념하는 시집을 펴내면 서 "내 삶의 후반기는 전반기의 결산에 머무는 게 아니라 새 로운 질풍노도의 시기가 될 것 같다."고 했다.

그러나 나는 이 시인처럼 제2의 인생을 질풍노도처럼 살 생 각은 추호도 없었다. 조용히 살되 하고 싶은 일이 두 가지 있었다. 하나는 글쓰기였고, 다음은 여행이었다. 오랫동안 언론계에 있으면서 나는 많은 글을 썼고 많은 곳을 다녀 보았다. 그러나 신문에 쓴 글은 대부분이 뉴스와 관련되는 시사적인 글이었다. 때가 지나면 별로 가치가 없는 티끌 같은 것이었다. 그래서 늘 글다운 글을 좀 써 보고 싶었다.

여행도 마찬가지였다. 여러 곳을 다녔으나 취재 때문이어서 주마간산 격이었다. 그래서 이제부터는 아내와 함께 보고 싶은 곳을 찾아다니면서 찬찬히 뜯어보는 그런 여유 있는 여행을 해 보고 싶다.

나는 어릴 때부터 책 읽기와 글쓰기를 좋아하는 편이었다. 일제식민지 시대에 초등학교를 다녔기 때문에 그때는 일본어 책을 읽고 일본어로 글을 썼다. 일본글에 하이쿠(俳句)라는 장르가 있다. 5-7-5 음절의 운율을 지닌 열일곱 글자로 짓는 짧은 글이다. 우리나라 시조時調와 비슷한 형식인데 세계에서 가장 짧은 정형시定型詩라 할 수 있다. 이 하이쿠는 어휘를 많이 알아야 쓸 수 있는 고급 문학이어서 초등학교에서는 잘 가르치지 않는다.

그런데 내가 4학년이 되었을 때 일본인 담임선생이 하이쿠에 심취된 시인이었다. 그는 어린이용 하이쿠 교재를 스스로 만들어 우리들을 가르쳤다. 그리고 시를 짓게 했다. 나는 하이쿠 글짓기에서 늘 1등을 했다. 내가 지은 하이쿠가 학급교실 뒷벽에 많이 나붙었고 상도 가끔 탔다. 나는 지금도 하이쿠의 유명한 명인인 바쇼(芭蕉)와 시키(子規)의 작품을 몇 개 외우고 있는데 이것은 모두 그때 배운 것들이다.

담임선생은 나를 기특하게 여겼던지 그가 가지고 있던 소년 대상 역사소설과 만화책을 여러 권 빌려 주면서 책을 읽어 보라고 했다. 대부분이 고단샤(講談社)가 출판한 어린이 문고판이었는데 나는 밤을 새우다시피 하면서 이 책들을 읽었다. 니토류(二刀流)라는 검술을 창안한 유명한 검객 미야모토 무사시(宮本武蔵), 전국시대의 영웅 오타 노부나가(織田信長), 명치유신의 주역 사이고 다카모리(西郷隆盛), 심지어 사루도비 사스케(猿飛佐助)가 등장하는 닌자(忍者)소설까지 읽었다. 이것이 내가 일본 역사와 문학에 눈 뜨게 된 시초가 아니었나 생각된다. 나는 동년배 학우들에 비해 조숙한 편이었다.

8·15 해방 후 중·고교 시절에는 시 소설 등 문학작품을

닥치는 대로 읽은 독서광이 되었다. 춘원과 상허의 소설, 지용과 지훈, 목월의 시, 김동석의 평론들은 지금도 잊지 못할 추억이 되고 있다. 글도 많이 써 보았다. 시 소설, 심지어 문학평론까지 써 보았다. 그 가운데는 교지校誌에 실린 것도 많아 지금도 그 글을 보관하고 있다.

대학에 진학한 후에도 비슷한 생활이 계속되었다. 대학 2학년 때에는 「동해안」이라는 시를 대학신문에 발표해 상을 받았고 '정문회政文會'라는 문학 써클을 만들어 취미를 같이 하는 선후배들과 어울리기도 했다.

나는 졸업 후 글을 쓰는 사람이 되고 싶었다. 그래서 택한 것이 신문기자였다. 그러나 앞서 말한 것과 같이 많은 글을 신문에 썼으나 그것은 모두 어떤 특수한 사건이나 상황에 국한된 뉴스성 글이어서 내구성이 없었다. 간혹 사설이나 칼럼 또는 르포르타주reportage도 썼지만 이것 또한 마찬가지였다. 1회용 소모품 노릇밖에 하지 못했다. 그래서 생명력을 지니는 오랫동안 읽힐 수 있는 글을 꼭 써 보고 싶은 욕망이 늘 마음에 깔려 있었다. 암 치료를 받은 후 제2의 인생을 시작하면서 글을 써야 하겠다고 생각한 배경은 이와 같은 것이었다.

먼저 써야 할 숙제가 하나 있었다. 1969년 봄, 나는 기자생활을 잠시 쉬고 성곡언론재단 장학금으로 도쿄대학 대학원의 신문연구소에서 1년간 때늦은 유학생활을 한 일이 있다. 이때 지도교수였던 가하츠히코(呵初彦) 선생의 권유로 「한국 저널리즘의 발생과정」이라는 논문을 한편 써 보았다.

우리나라에서 신문이 처음 탄생하게 된 데는 일본의 영향이 컸다. 특히 한성순보 발행 때 그 편집 고문이 일본인 이노우에 가쿠고로(井上角五郎)였다. 도쿄대학 도서관에는 그 당시의 자료가 있었다. 그래서 써본 글이었다. 그 후 귀국해 다시 신문 현업에 복귀하고 보니 어찌나 바쁜지 도쿄에서 쓴 논문의 후속 글을 쓰지 못한 채 세월을 보냈다. 그래서 미완성 상태에 있었던 이 논문의 테마를 살려 한국 저널리즘의 역사와 그 흐름을 한번 써 보기로 했다.

다행히 조선왕조 말기에 태어난 우리나라 초창기 신문인 한성순보, 매일신문, 독립신문, 제국신문, 대한매일신보의 영인본이 출판되어 자료를 얻는 데는 큰 애로가 없었다. 문제는 이 옛날 신문들을 한 장 한 장 체계적으로 읽어가야 하는 끈기와 시간이었다. 나는 6개월 동안 다른 일을 다 접고 옛 신문

읽기에 매달렸다. 영인본은 책으로 되어 있어 집에서 읽을 수 있었으나 일제 식민지 시대와 8 · 15 해방 후 발행된 많은 신문들은 축쇄판 또는 마이크로필름으로 보관되어 있어 이것을 보기 위해 매일 언론 연구원 도서실로 출근했다.

그 즈음 나는 대전에 있는 한남대학에 초빙교수로 출강해 학생들을 가르치게 되었다. 매스컴과 저널리즘을 이해시키는 교양과목을 맡은 것인데, 나는 이 강의를 통해 우리나라 언론 역사와 그 역할 그리고 시대에 따라 저널리즘이 어떻게 변화했는가를 정리해 보았다. 옛 신문을 뒤져 보고 당시의 저널리즘을 정리해 이것을 학생들에게 가르쳐 주고 이것을 또 체계화해 한 권의 책을 내는 데까지 이르렀다.

2002년 11월에 출판된『한국의 저널리즘』(120년의 역사와 사상)이 바로 그 책이다. 책이 나오게 된 것은 조선일보의 방일영문화재단의 지원 덕분이었다. 책이 출판된 이후에도 나는 꾸준히 글을 썼다.『신문과 방송』『관훈저널』『대한언론인회보』『시니어스 타임즈』『북한연구』등 잡지에 주로 글을 썼다.

그러다가 언론인들의 친목 연구 단체인 관훈클럽 신영연구기금의 지원을 받아 또 한 권의 책을 쓰기로 했다. 이번에는 아카데믹한 논문형 글이 아니고 소프트한 언론계 스토리를 써 보고 싶었다. 오늘의 우리 언론을 있게 한 한국형 대기자 선배들 이야기를 비롯해, 격동기를 거치면서 벌어졌던 기자들의 애환과 각 부처 출입 기자단의 풍속도, 언론계 내부의 문제점, 일선 기자들의 취재 에피소드 등 언론계에서 생기는 온갖 이야기들을 가감 없이 있는 그대로 써 보았다. 그래서 나온 책이 2009년 가을에 출판된 『내가 본 현장, 여울목 풍경』이다. 자전적 에세이 형식으로 된 이 회고록을 읽어본 언론계 동료와 선후배들에게서 좋은 글이라는 평을 받았다. 축하해 주는 모임도 여러 번 베풀어 주어 지금도 고맙게 생각하고 있다.

내가 제2의 인생을 살면서 하고자 했던 여행도 계획을 세워 추진했다. 타성적인 일상생활에서 벗어나 새 활력을 찾는 가장 좋은 방법은 여행이다. 미지의 세계에서 겪어 보지 못한 경험을 해 본다는 것은 더없이 좋은 활력소가 된다. 젊은이에게는 인생의 안목과 시야를 넓혀 주는 수련방편이 되고 나이든 사람에게는 삶의 질을 풍요롭게 해 주는 보양제가 된다. 나는 여행 원칙을 몇 가지 정했다. 국내 여행은 계절 따라 여러 번, 외국 여행은 1년에 두 번이고, 여행 목적지는 역사에 남은 유명한 유적지가 우선이고, 그 다음이 경치가 좋은 명승지 탐방이었다. 이 원칙이 엄격히 지켜진 것은 아니지만 대체적으로는 그런대로 진행된 셈이다.

사람은 죽을 때까지 배워야 한다는 것이 선현들의 가르침인데 나는 여행을 통해 이 말이 얼마나 절실한 교훈인가를 알게 되었다. 가령 한국·중국·일본은 같은 한자漢字문화권이어서 뿌리가 동질이지만 열매는 각각 이질적이다. 여행을 해보면 이것을 피부로 알게 된다.

자연을 가꾸는 대표적인 예가 인공 정원(Garden)이다. 우리나라의 경우 왕실 전용이었던 비원秘苑을 비롯해, 양반 토호 소유였던 담양의 소쇄원瀟灑園과 보길도에 있는 윤선도의 세연정洗然亭 등 대표적인 정원을 구경했다. 중국에 가서는 소주의 유명한 졸정원拙政園과 상해의 예원豫園 등 중국이 자랑하는 정원을 구경했다. 일본에는 3대 정원이 있다. 가나자와의 겐로쿠엔(兼六園), 오카야마의 고라쿠엔(後樂園), 미도의 가이라쿠엔(偕樂園)이 그것인데 나는 모두 구경했다. 세 나라의 정원이 모두 다르다. 무엇이 어떻게 다른지 보는 순간 느낌이 온다. 세 나라가 같은 문화의 뿌리이지만 그 열매가 확연히 다르다는 것을 이론이 아니라 감성으로 느끼게 된다. 백 번 듣는 것보다 한 번 보는 것이 낫다는 말이 그대로 들어맞는 경우라 할 수 있다.

여행을 통해 모르던 것을 알게 된다는 교훈의 진수가 바로 이런 것이라고 나는 생각한다. 특히 소주의 졸정원을 구경했을 때 숲속에 위치한 조그마한 정자집 간판이 청우헌聽雨軒이었다. '빗소리를 듣는 집'이라는 뜻인데 무엇을 하는 곳인가를 물었더니 안내자의 대답이 "선비가 마주 앉아 바둑 두는 집"이라 했다. 나뭇잎에 떨어지는 빗소리를 들으며 조용히 바둑 수를 생각하는 선비의 모습이 보이는 듯해 지금도 그 운치를 잊을 수 없다.

여행을 해 보면 이질적인 문명인데도 그 모습이 비슷한 동질적인 것도 발견하게 된다. 지금의 멕시코시티에서 북동쪽으로 50킬로미터 지점에 고대 마야문명의 유적지 테오티우아칸이 있다. 이곳에 가보면 태양의 피라미드와 달의 피라미드가 비스듬히 마주 서 있다. 이집트 카이로 교외에 있는 피라미드와 그 규모는 다르지만 모양이 흡사하다. 다만 멕시코의 피라미드는 신에게 제사를 지내던 제단이었고, 이집트의 피라미드는 왕의 무덤이었다는 용도만 달랐을 뿐 그 설계 방식이나 외형 모습은 거의 같았다.

멕시코와 이집트는 전혀 다른 대륙에 속해 있어 서로 교류할 수 없는 이질적 문화권에 속한다. 그런데도 옛 사람들은 같은 모습의 문화를 남겼다. 또 중국 서안에서 발견된 진시황릉의 지하 병마용과 그리스 아테네 언덕에 서 있는 고대 그리스의 파르테논신전은 지상과 지하를 대표하는 빼어난 고대 건축 조형물로 서로 대칭을 이루는 이질적 문화유산이다.

에게해와 흑해를 잇는 다르다넬스 해협의 오른쪽 터키 땅에는 트로이 전쟁이 일어난 지점에 지금 트로이의 목마木馬가 세워져 있다. 중국 양자강 중류 호북성과 호남성의 경계 부근에 적벽赤壁 대전의 유적지가 있다. 조조의 대군이 참패한 곳으로『삼국지』에 나오는 유명한 싸움이다. 시대와 장소가 달랐지만 전쟁에 이기기 위해서는 계략과 자연 조건의 이용이 얼마나 중요한 것인가를 보여 주는 역사 현장이라 할 수 있다.

또 2009년에는 안중근 의사의 순국 100주년을 맞아 언론계 옛 친구들과 함께 안중근 의사 유적지를 여행한 일이 있다. 이토 히로부미를 사살한 하얼빈 역두, 수감생활을 했던 여순 감옥 등을 두루 살펴보았는데 그때 하얼빈에 간 김에 일본 관동군의 악명 높은 731부대 옛 시설을 볼 기회가 있었다. 세균탄을 만들기 위해 잔혹한 인체실험을 했던 악마의 소굴이었다. 나는 이 소름 끼치는 현장을 보는 순간 몇 년 전에 가 보았던 폴란드 아우츠비츠 수용소가 떠올랐다. 2차 대전 때 수많은 유태인을 학살했던 나치스의 아우츠비츠 수용소 가스실을 보았을 때 인간이 이렇게까지 잔학한 짓을 할 수 있는가 하는 절망감을 느낀 일이었다. 하얼빈의 731부대 옛 시설을 보았을 때 꼭 같은 느낌이었다. 사람이 여행을 하면서 이런 것을 꼭 보아야 한다는 생각을 거듭하게 되었다. 그래서 나는 지금도 여건이 허락하는 한 여행을 계속하고 있다.

이제는 세계지도를 펴놓고 보면 아프리카 남부와 남미 일부 지역을 빼면 거의 다 다녀본 곳이다. 재작년 늦봄에 나와 아내는 친구 내외와 함께 터키 여행을 했다. 이스탄불까지의 비행시간이 길 뿐 아니라 하루 대여섯 시간의 버스 여행도 해야 했던 일정이었다. 나이 탓이어서 그런지 많이 피곤했다.

이제는 이런 멀고 긴 여행을 삼가야 할 나이에 이르렀음을 절감했다. 국내 여행과 가까운 이웃 나라밖에 여행할 수 없겠구나 생각하니 좀 서글퍼졌다. 그러나 나는 가능한 한 앞으로도 계속 책을 읽고 글을 쓰고 여행을 하면서 제2의 인생을 마무리했으면 한다.

나비야 청산 가자

나비야 청산 가자 범나비 너도 가자
가다가 저물거든 꽃에 들어 자고 가자
꽃에서 푸대접하거든 잎에서나 자고 가자

　작자 미상의 이 옛시조는 인생살이의 맛과 멋을 함께 나타
내는 걸작품이다. 그래서 나는 이 시조를 좋아한다. 어떤 사
람은 이 시조가 한량들의 풍류를 노래한 것으로 해석하고 있
으나 꼭 그렇게 볼 것만은 아니다.
　젊은 사람에게는 호연지기와 얽매임이 없는 불기^{不羈}의 자

유인이 되라는 자극제가 될 수 있다. 그런가 하면 이제 모든 것을 내려놓고 떠나야 할 황혼 길목에 들어선 노인에게는 일체의 집착을 버리고 행운유수行雲流水, 구름같이 물같이 흘러가는 나그네가 되라는 교훈이 되기도 한다.

팔십 고개를 넘어선 나로서는 이 시조를 음미할 때마다 지나온 세월을 자꾸 돌아보게 된다. "언제 벌써 이런 나이가 되었는가." 하는 무상함이 느껴진다. 그리고 한 가닥 회한에 젖을 때가 많다. 왜냐하면 나는 한번도 청산을 찾는 나비처럼 속세풍진을 벗어나 훌훌 날아보지 못했다. 더구나 호방뇌락豪放磊落과는 거리가 먼 조마조마한 삶을 살아왔기 때문이다.

시대 탓이었는지 타고난 내 성품 탓이었는지는 알 수 없지만 긴 세월을 늘 살얼음판을 걷듯 조심조심 살아왔다. 그래서 되돌아보면 꿈은 있었으되 이룬 것이 별로 없는 범속한 삶이었다.

나는 우리 땅이 일본 식민지로 있었던 1933년, 암울한 시대에 태어났다. 일본이 중국을 침략해 '만주'라는 괴뢰국을 만든 직후였다. 또 유럽 독일에서는 히틀러가 나치스정권을 세워 피바람을 예고하기 시작한 때이기도 했다. 내가 초등학교에 입학하자 드디어 태평양 전쟁이 일어났고 5학년이 되던 해 8·15 해방을 맞았다. 격동의 세월 속에서 소년 시절을 보낸 셈이다.

시대의 격동은 그 후에도 계속되었다. 나라가 해방 되었으나 남북으로 쪼개졌고 중학교를 졸업하고 고등학교에 진학하자 6·25 전쟁이 일어났다. 그로부터 3년간, 포화 속에서 피란을 다니면서 고등학교 시절을 보냈다. '나비야 청산 가자'는 낭만적 세계와는 너무나 거리가 먼 삶이었다. 칼날 위를 걷는 아슬아슬한 나날이었고 죽지 않고 살아남는 것이 급했던 삶이었다.

대학을 졸업하고 어렵사리 직장을 얻었으나 얼마 지나지 않아 4·19 혁명이 일어났고 뒤이어 5·16 군사정변이 찾아왔다. 내 직업이 신문기자여서 혁명과 정변이 날 때마다 남보다 몇 배의 고초를 겪으며 살아야 했다. 지금 생각하면 이 시기를 나는 용하게 넘겨 왔다는 생각이 든다. 그 후에도 얼마간의 풍파와 기복이 있었으나 줄곧 언론계라는 직업 분야에서 40년에 이르는 오랜 세월을 보냈다. 그리고 이제 어느덧 황혼기를 맞은 노인이 되었다.

넓으나 넓은 들에 흐르니 물이로다
인생이 저렇도다 어드메로 가는 게냐
아마도 돌아올 길 없으니 그를 슬퍼하노라

－변계량－

이 시조를 읊을 나이가 된 나는 다시 한번 '나비야 청산 가자'는 시조의 뜻을 생각하게 된다. 꽃이 푸대접하거든 잎에라도 들자고 하는 것은 인생의 쓴맛을 겪어본 사람만이 가질 수 있는 달관이다. 따라서 이 옛시조는 젊은이보다는 인생을 살아본 노인들을 겨냥했다고 보인다.

그렇다. 노인, 나도 그중의 하나이지만 지금 우리는 노인이 자꾸 늘어나는 고령화 시대를 살고 있다. 인구 통계를 보면 우리나라의 경우 65세가 넘는 노인이 인구의 12.2%인 613만 명, 유사 이래 처음으로 6백만 명을 넘어섰다. 이런 고령화 현상은 우리만 그런 것이 아니라 선진국은 어디를 막론하고 다 비슷하다.

노인이 되면 으레 세 가지 고통이 찾아오게 마련이다. 가난, 질병, 외로움인데, 이를 노경삼고老境三苦라 한다. 이것은 동서고금이 같다. 그래서 우리나라 노인들도 이제 어떻게 이 세 가지 고통을 이겨내면서 품위 있게 삶을 마감할 것인가를 생각해야 할 시점에 이르렀다고 할 수 있다.

어떻게 해야 하는가? 이 물음에 대한 답을 구하기 위해서는 우리 옛 조상들이 살아왔던 우리식의 대처 방법, 그리고 현재를 사는 다른 나라들의 노인 문제 해결 방법들을 우선 폭넓게 알아보는 것이 그 첩경일 수 있다. 그렇다면 우리 선조들은 어떻게 이 고통을 견디며 살았을까. 그때는 오래 사는 노인이 많지 않아 사회문제가 되지는 않았겠지만 노인이 당하는 고통은 지금과 크게 다르지 않았을 것이다.

어떤 시대의 삶을 알기 위해서는 그 시대를 산 사람들이 남긴 기록물을 읽어 보는 것이 가장 좋은 방법이다. 우리 선조들이 남긴 글을 읽어 보면 대체로 두 가지 흐름을 발견하게 된다. 하나는 안빈낙도安貧樂道의 자족관이고, 다른 하나는 극진한 경로효친敬老孝親 사상이다. 이 두 가지가 모두 유교儒敎의 가르침에서 유래된 것이지만 사회 전체를 떠받치고 지탱시켜

준 생활 규범이 되어 있었음을 알 수 있다.

몇 가지 예를 들면 다음과 같은 것이 있다. 이익을 보면 부끄러운 짓이 아닌가 생각하라(見利思恥), 재물을 간직하는 비결은 남에게 베푸는 것 만한 것이 없다(藏貨秘密 莫如施舍). 조선조 때의 명재상 이원익과 대학자 정약용이 남긴 말이다.

또 이런 경우도 있다. 조선조 중기 인물로 김정국이라는 선비가 있었다. 과거시험에 장원급제한 수재로 벼슬길에 올라 통정대부 동부승지까지 된 행운아였다. 그러나 평탄한 길이 오래 가지 않았다. 1519년에 있었던 기묘사화(己卯士禍)에 연루되어 삭탈관직되었다. 조광조가 사약을 받고 죽은 사건이다.

그는 모든 것을 내놓고 시골에 은거했다. 그때 아호를 '팔여거사(八餘居士)'라 지었다. 여덟 개의 넉넉함을 가진 사람이란 뜻인데 그 여덟 가지라는 것이 다음과 같은 것들이었다. 토란국과 보리밥, 부들자리와 따뜻한 온돌방, 맑은 샘물, 넉넉한 책, 봄꽃과 가을 달빛, 새들의 지저귐과 솔바람 소리, 눈 속의 매화, 서리 맞은 국화 향기 등이다(안대회 저, 『선비답게 산다는 것』에서 인용).

그런데 이 여덟 가지는 애써 남과 다투어야 얻을 수 있는 것이 아니었다. 하늘이 인간에게 제공해 주는 자연스러운 것들이었다. 자기가 갖는다고 해서 남이 갖지 못하는 제한된 것이 아니고 무한히 많아 누구나 차지할 수 있는 것이었다. 김정국이라는 선비가 가졌던 이런 청빈한 마음가짐이 보편화된 세상이라면 노인에게 찾아드는 고통을 능히 견딜 수 있었으리라 생각된다.

또 경로효친 사상이 철저해 자식이 어버이를 섬기는 풍습이 온 나라에 퍼져 일상화 되었던 것이 조선조 사회였다. 심청沈淸 전설이 그것을 대표해 주고 있다. 그래서 1884년, 최초의 의료선교사로 우리나라에 왔던 미국인 호레이스 알렌Horace Allen은 "조선은 노인의 천국"이라 감탄했다. 고종황제의 신임을 얻어 조선 근대화에 이바지했던 그는 오래도록 조선의 효사상을 널리 선전했다. 지금도 서양인들 가운데는 한국의 효사상을 부러워하는 사람이 많다.

파리 특파원을 오래했던 언론인 정종식 씨의 말에 의하면 1970년대 초 세계적 석학인 아놀드 토인비와 인터뷰를 했는데 그때 토인비 박사는 한국인의 효와 경로사상을 "인류의 으뜸가는 사상"이라 격찬했었다고 한다. 또 시카고대학의 경제학 교수 베르데커는 한국에 대해 이 뿌리 깊은 전통 때문에 앞으로도 노인 문제를 해결하는 잠재력이 강할 것이라 내다보고 있다.

그러면 다른 나라는 어떤가. 노인 문제 때문에 우리보다 훨씬 더 고민하는 나라가 바로 이웃 일본이다. 2013년 기준으로 일본은 65세가 넘은 노인층이 전체 인구의 24.4%인 3,083만 명에 이르렀다. 15세에서 65세 미만의 노동 인구가 전체 인구의 62%인 7,700만 명밖에 되지 않고, 어린이와 노인 등 비노동 인구가 4,000만 명에 이르는 형편이 되었다. 경제 발전의 동력이 떨어질 수밖에 없는 나라가 되고 말았다.

이런 사정이기 때문에 일본 지식인들은 노인에 관해 많은 글을 쓰고 있고 책도 여러 권 내놓았다. 이들은 대개 두 가지를 주장한다. 첫째는 노인들의 활력화, 둘째는 죽음에 대한 교육과 준비 작업이다. 사회심리학을 이론화 해 일본 사회에 적응시킨 미나미 히로시(南博) 박사와 『계로록戒老錄』이라는 책을 쓴 여류작가 소노 아야코(曾野綾子) 등이 첫 번째에 해당하는 주창자들이다.

이들은 노인들이 멍하니 앉아서 하는 일 없이 세월을 보내는 현상을 가장 경계한다. 미나미 박사는 『늙음을 모르고 사는 지혜』라는 책을 통해 노인들에게 '제2의 인생을 설계하라', '자서전(자기 역사)을 써 보라', '공부하는 데 연령은 무관하다', '사람들과 어울려라', '자기 본위로 살라'는 것을 되풀이 역설하면서 활력을 불어 넣으려 애썼다.

이 책에는 다음과 같은 실제 있었던 이야기도 들어 있다.

나카무라 하지메(中村元)라는 도쿄대학 교수 출신의 유명한 불교 철학자가 겪은 일이다. 그는 20년이라는 장구한 세월에 걸쳐 쓴 『불교어대사전』의 원고 2만여 매를 출판사 실수로 분실한 일이 있었다. 1960년대 후반에 일어난 사건이다.

온 신문과 방송이 나서서 이 사실을 대서특필, 분실된 원고 찾기 캠페인을 벌였다. 폐품 회수업자를 선두로 많은 사람이 나섰으나 끝내 분실된 원고를 찾지 못했다. 나카무라 교수에게 있어 이 사건은 필생의 업적이 수포화되는 절망적인 사건이었다. 보통 사람이면 눈물을 머금고 좌절감에 빠져 사전 출판을 단념했을 것이다. 그러나 그는 주저앉지 않고 다시 작업을 시작했다고 한다. 환갑 나이를 무릅쓰고 8년 동안 침식을 잊다시피 피나는 노력 끝에 마침내 사전 출판을 이루어 냈다는 이야기다. '하면 된다'는 노인 만세 스토리라 할 수 있다.

또 작가 소노 아야코 여사는 품격 있게 늙는 명품 노인이 되기 위해 37세 생일날부터 메모를 시작해 책을 내게 되었다고 한다. 이 책에는 『계로록戒老錄』이라는 이름 그대로 노인이 경계해야 할 일들이 자질구레하게 쓰여 있다. 160여 개의 메모 가운데는 '남에게 의존하지 말라', '사는 목표를 정하고 사는 즐거움을 스스로 발견하라'는 등 평범한 얘기부터 '죽음을 생각하라', '유언장을 미리 써 두어라'라는 항목에 이르기까지 노인이면 누구나 당면하는 문제들이 자상하게 쓰여 있다. 특히 '재미있게 살았으니 어느 때 이승을 떠나도 괜찮다고 생각하는 것이 인생의 심리적 결재'라고 했다.

우리나라에도 근래 노인에 관한 책이 많이 나왔다. 교보문고에서 '노년'을 키워드로 검색하면 160여 종의 책이 나온다. 『노년 예찬』『나이 드는 내가 좋다』 등 노년을 관리하는 지침서들이다.

또 대학교수 출신의 오근재 씨가 쓴 『퇴적공간堆積空間』이란 책도 있다. 모래와 자갈이 떠밀려 내려오다 물살이 느려지는 강 하구에 이르면 그냥 쌓이기 시작한다. 이렇게 형성된 곳이 바로 퇴적공간이다.

서울 종로3가 전철역과 종묘공원에서 파고다공원에 이르는 일대에는 하루 3천 명 정도의 노인들이 매일 모여든다. 이곳이 바로 세월에 떠밀려 잉여인간이 되어 내려오다 쌓이게 된 인생의 퇴적공간이다. 오 교수는 여기 모인 노인들의 실태를 분석했다.

가난했던 시절, 가족을 위해 자신을 돌볼 겨를 없이 일해 왔던 오늘의 노인 문제를 잘 파헤친 내용이다. 우리나라 노인 세상이 더 이상 황폐화 되지 않도록 사회가 애정을 가지고 보살펴야 한다는 것인데, 앞으로의 노인 정책이 어떻게 꾸며져야 하는가를 일깨워 주는 좋은 책이다.

노인이 되면 무엇보다 중요한 것이 죽음에 대한 준비 작업이다.

지금도 그런 강좌가 있는지 알 수 없지만 일본의 가톨릭계 대학인 상지대학上智大學에는 한때 '죽음에 대한 교육(Dead Education)'이라는 특수강좌가 있었다. 우리나라 김수환 추기경의 모교인 이 학교 출신의 작가 엔도 슈사쿠(遠藤周作)는 우리나라에도 많이 알려진 유명 문인인데, 그가 쓴 글에 죽음강의 얘기가 있다. 데켄이라는 신부가 가르치는 강좌인데 불치병에 걸린 환자나 노쇠한 노인들이 두려움 없이 편안한 마음으로 죽음을 맞을 수 있도록 하는 것이 강의 목적이고 내용이라 했다. 그의 글을 보면 미국이나 독일에는 대학뿐 아니라 일반인들에게도 이런 강의가 공개되어 있다는 것이다. 노인들은 죽음에 대해 준비하고 공부해야 한다고 주장하는 사람으로는 엔도 슈사쿠 이외에도 이츠키 히로유키(五木寬之)라는 작가도 있다. 엔도가 가톨릭적이라면 이츠키는 불교적인 내용으로 죽음을 설명한다. 필력이 뛰어나고 글 내용에 공감 가는 것이 많아 노인들은 꼭 한번 읽어 볼만하다.

죽음에 대한 준비라는 것은 살아있을 때 자기 삶을 깨끗이 정리해 둔다는 말이다. 그렇다면 이것은 우리나라가 일본보다 훨씬 선배에 속한다.

좀 오래된 얘기지만 요시오카(吉岡忠雄)라는 일본 마이니치 신문(每日新聞) 기자가 있었다. 특파원으로 서울에 와 오래 살았던 기자였는데, 귀국한 후 그는 죽기 전에 인연이 깊었던 한국 친구들에게 죽음의 인사장을 써 두었다. 죽는 날짜와 시간만 비워 두었다. 그가 죽자 그의 부인이 그가 죽은 날짜와 시간을 빈칸에 적어 바로 우체통에 넣었다. 우리나라 언론인들에게 그의 편지가 배달되었다. "나는 모월 모일 이 세상을 떠나 저 세상으로 갔습니다. 이 편지를 통해 인사를 드립니다. ……"라는 내용이었다. 1997년에 있었던 일이다.

말하자면 자기 부고計告를 자기가 써서 세상에 알린 것이다. 자기의 죽음을 자기가 알린 예는 서양에도 있다. 미국의 유명 칼럼니스트 제인 로터는 스스로 부고를 쓰고 존엄사를 택했다. "나는 삶이라는 선물을 받았고 이제 이 선물을 되돌려 주려 한다." 2013년 7월 28일자 시애틀타임즈의 유료 부고란에 실린 내용이다. 또 이보다 앞선 2007년 1월 18일자 뉴욕타임즈 인터넷판에는 전날 사망한 인기 언론인 아트 부크월드의 "안녕하십니까. 제가 조금 전에 사망했습니다."라는 동영상이 떴다. 그가 죽기 전에 만들어 놓은 부고였다.

그러나 이보다 수십 년을 거슬러 올라간 1974년 2월 8일자 동아일보를 보면 다음과 같은 부고가 광고로 실려 있다. "그동안 많은 총애를 받사옵고 또 적지 아니한 폐를 끼쳤습니다. 감사합니다. 나는 오늘 먼저 갑니다. 여러분 부디 안녕히 계십시오."라는 내용이다. 부고를 낸 사람은 5일 전에 사망한 원로 언론인 진학문 씨였다. 우리나라 언론사상 신문에 자기 부고를 자기가 써서 낸 최초의 케이스였다.

죽음에 대비해 살았을 동안에 자기 삶을 정리해 놓는 풍습은 우리나라의 경우 예부터 있어 왔다. 선비들이 자기 묘지명墓誌銘을 미리 지어 놓는 것이 그 대표적 현상이라 할 수 있다. 죽음에 대해 준비하는 전통이 일본이나 서양에 비해 우리가 훨씬 선배격이라는 이유가 바로 여기 있다.

『내면기행-선인들, 스스로 묘비명을 쓰다』라는 책이 있다. 한문학자 심경호 교수가 근래에 쓴 노작이다. 우리나라 선비들이 남긴 많은 자찬自撰 묘지명과 자만시自輓詩 가운데서 57명의 것을 골라 번역한 책이다. 내용을 보면 모두 자기 삶을 겸손하게 평가했고 하나같이 담담하게 죽음을 맞은 것을 알 수 있다.

이 책에서 몇 개를 옮겨 보면 다음과 같다.

"이처럼 살다가 이처럼 죽어 태허太虛로 돌아가니 다시 무슨 누累가 있으랴."(박필주)

"마음을 망령되이 쓰지 않았고 발로는 아무 데나 가지 않았으며 사물을 함부로 취하지 않았다. 자신을 낮추고 그칠 데서 그칠 줄 알았기 때문에 험한 길을 갔으되 실수를 하거나 상처를 입지 않았다."(남유용)

"얼고 굶주려 구렁과 골짜기에 뒹굴게 되는 걸 면했으므로 가난하지 않았으며, 태평시대에 태어나서 태평시대에 죽으니 일진이 나쁘지 않았다. 세상과 겨루는 바가 없고 남에게 구하는 바가 없었다. 삶과 죽음의 이치를 알기에 병들어도 신명에게 기도하지 않고 죽어도 벗들에게 만사를 구하지 않았다. 이제 인간세상을 벗어 던지고 크고 넓은 우주의 근원으로 호탕하게 돌아갔으니 어찌 유쾌하고 즐겁지 아니하랴."(윤기)

"처음에 헷갈려 깨닫지 못하다가 깨닫고 보니 죽음이 가깝구나. 지혜는 투철하지 못하고 행실은 나아가지 못하니 후회한들 어찌 뒤미칠 수 있으며 정성을 발해도 노령에 미쳤도다. 밤이 고요한데 잠을 이루지 못하고 이리저리 생각해 보니 문도文道는 정수가 아니고 저술은 그저 껍질일 따름이다."(유한준)

"한평생 시름 속에 살아오느라 밝은 달은 봐도봐도 부족 했었네. 이제부터는 만년토록 마주 볼테니 무덤 가는 이 길도 나쁘진 않

구나."(강세황)

시니컬한 자만시自輓詩를 남긴 강세황은 풍속화가로 유명
한 김홍도의 스승이다. 18세기 조선을 대표하는 시詩 · 서書 ·
화畵의 삼절三絶로 불렸다. 최근 그의 탄생 3백 주년을 기념
하는 특별 전시회가 마침 국립중앙박물관에서 열려 나는 그
의 귀한 글씨와 그림을 모처럼 볼 수 있는 기회를 가졌었다.

우리 선조들은 앞에 인용한 바와 같이 죽음을 이런 방식으
로 맞이하고 준비했다. 어찌 보면 모두 "나비야 청산 가자"는
풍류의 호방한 삶이었다고 느껴진다. 그러나 세월이 흐르고
시대가 바뀌었다. 사회를 지탱시켰던 도학적 생활철학도 퇴
색했고 가정을 유지시켰던 경로효친 풍습도 많이 없어졌다.

이제 우리 주변에는 안빈낙도하는 노인의 모습을 볼 수 없
고 "어버이 살아신 제 섬길 일 다하여라 / 지나간 후면 애닯
다 어이하리 / 평생에 고쳐 못할 일 이뿐인가 하노라"라는 송
강 정철의 시조를 명심하는 젊은이도 찾아보기 어려워졌다.

우리나라가 '노인의 천국'이란 명예를 되찾기 위해서는 이
제 인위적인 노력이 필요하게 되었다. 우선 노인들이 시대에

맞도록 의식을 바꾸어야 한다. 집에서 TV만 보거나 할 일 없이 지하철을 타고 왔다 갔다 하면서 세월을 보내면 안 된다.

선진국 노인들의 생활 패턴을 보면 가까운 공원에 가서 운동을 하거나 구청이나 동사무소 문화센터의 다양한 프로그램에 참여해 무엇이 되었건 활동을 한다. 또 경로당 같은 복지시설을 이용해 친구를 사귀고 다른 사람과의 교류를 넓혀간다. 이렇게 해야만 노인들이 부러워하는 '9988'이 이루어진다.

그러나 이렇게 되려면 무엇보다도 정부의 노인복지정책이 병행되어야 한다. 특히 독거노인이 살 수 있는 시설이 있어야 한다. 이웃 나라 일본은 지금 정부의 운영지도를 받는 실버타운 노인홈이 전국에 7,600곳이 있고 32만 명이 여기에 입주해 있다. 우리도 노인이 가족에게 의지하지 않고 살 수 있는 실버타운 노인홈을 많이 만들어 핵가족화로 외로운 삶을 살아가는 노인들이 이런 곳에서 여생을 고통에 시달리지 않도록 한다면 얼마나 좋겠는가. 통계청 조사를 보면 우리나라에는 지금 홀몸 노인이 125만 명이 있다. 가족의 해체로 생기는 독거노인의 부양은 일정 부분 정부가 책임지는 것이 선진국들의 추세이다.

이런 복지정책이 경제성장의 장애가 되지 않기 위해서는 복지가 내수內需를 키우는 실버산업을 발전시켜야 한다. 그래서 많은 나라가 경제를 죽이는 복지가 아니라 경제를 살리는 복지가 되도록 그 방법을 찾는 데 힘을 쏟고 있다.

다시 한번 생각해 본다. 사람은 누구나 늙고 병들어 죽게 마련이다. 어느 사람에게 병이 닥치면 그 고통은 비단 그 사람 혼자만의 것이 아니다. 가족 모두가 짊어져야 할 고통이다. 사회가 이런 어려움과 고통을 어떻게 관리하고 덜어 주느냐에 따라 구성원 전체의 삶의 질과 죽음의 질이 갈린다. 그 고통이 더 커질 수도 있고 절반으로 줄어들 수도 있다.

우리는 많은 외국인이 부러워했던 '노인천국'의 전통을 이어 가도록 그 방법을 찾아야 한다. 그래서 "나비야 청산 가자 범나비 너도 가자"는 우리의 명품 인생 모델을 살려가야 한다.

잊혀질 수 없는 것들

세상이 변하면서 많은 것이 자꾸 없어지고 잊혀져간다. 그 가운데는 쌓인 먼지를 털어내듯 후련한 것도 있고, 아쉽고 그리운 것도 있다. 그러나 세상이 아무리 상전벽해桑田碧海로 변하고 많은 것이 잊혀져간다 해도 우리 가슴에 옛날 모습 그대로 남아 잊혀지지 않는 것이 있다. 그것은 무엇일까? 그것은 어머니의 모습이다. 오늘의 노년층, 가난한 시절을 살아온 사람들에게는 더욱 그렇다.

아직도 고향집엔 놋세숫대야가 있다

늙수그레한 어머니처럼 홀로 남아 있다

물을 비우듯 식구들이 차례로 떠나고

시간은 곰삭아 파랗게 녹슬었다

김선태 시인의 시 한 구절이다. 나는 이 시 가운데서 '늙수
그레한 어머니'란 표현에 그만 가슴이 뭉클해졌다. 오래전에
세상을 떠난 어머니가 생각났기 때문이다. 6·25 전쟁이 한창
이던 1951년, 어머니는 환갑이 되기 전에 세상을 뜨셨다. 내
가 고등학교 2학년 때 일이다. 이리저리 피란을 다녀야 했던
시절이어서 어머니는 병원은 고사하고 약 한 첩 제대로 써 보
지 못하고 눈을 감으셨다. 그때 일을 생각하면 지금도 가슴이
찢어질듯 아프다.

나는 어머니가 마흔 살이 넘어 낳은 늦둥이 외아들이다. 그
당시는 우리나라 사람의 평균 수명이 50세에 불과하던 때였
고, 내가 초등학교에 다닐 때 어머니는 벌써 쉰 살이었다. 늙
은이 축에 드는 나이였다. 다른 아이들 어머니에 비해 할머니
처럼 늙게 보였다. 옷도 좋은 것을 입지 못했고 화장도 잘 하
지 않았던 전형적인 구식 여인이었다. 그래서 지금 생각하면

실제 나이보다 훨씬 더 늙어 보였는지도 모른다.

그래 그랬는지 나는 어머니와 함께 길을 가다가도 학교 친구가 눈에 뜨이면 얼른 외면하거나 마주치기를 피했다. 어머니가 초라하고 늙었다는 소리를 듣는 것이 싫었기 때문이다. 어린 마음에 있을 수 있는 일이라 할 수도 있겠으나 지금 회상해 보면 나는 참으로 못나고 못된 아들이었다는 자책감이 든다.

왜 나는 그때 좀더 당당하지 못하고 비열했을까. 어머니를 생각하면 후회되는 일이 한두 가지가 아니다. 평생토록 가족을 위해 모든 것을 희생하면서 고생만 하시다 세상을 떠난 분이 내 어머니였다. 40리가 넘는 먼 곳에 있는 친정을 어쩌다 갈 일이 있으면 돈을 아끼느라 버스를 타지 않고 하루 종일 걸어서 간 분이 내 어머니였다. 돌아가실 때 내 손을 꼭 잡고 놓지 않았다. 고등학교에 다니는 어린 아들놈을 혼자 두고 떠나려니 눈이 감기지 않았을 것이다. 지금도 그때 일을 생각하면 나는 자꾸 목이 멘다.

대학을 졸업하고 직장을 얻어 첫 월급을 탔을 때 맨 먼저 생각난 것이 어머니였다. 이 월급봉투를 그대로 어머니에게

드릴 수 있다면 얼마나 좋을까. 그러나 어머니는 이 세상에 없다. "자식이 효도하고 싶어도 어버이가 기다려 주지 않는다(子欲養而 親不待)."라는 옛 시를 생각하면서 서글픈 처지를 한탄할 수밖에 없었다.

그런데 얼마 전, 나는 신문에 실린 어느 신부님의 글을 읽고 나와 같은 아들이 또 있구나 하는 위안을 받았다. 천주교 서울교구의 허영엽 신부가 쓴 「어머니, 영원히 그리운 이름이여」라는 글인데 거기에 다음과 같은 내용이 있었다.

"초등학교 때 나는 수업 참관에 오신 어머니를 애써 외면했다. 분 냄새와 화려한 옷차림의 다른 어머니들 가운데 내 어머니는 가장 나이 들어 보이고 초라한 모습이었다. 할머니가 대신 온 것으로 생각할까 봐 어린 마음은 자꾸만 움츠러들었다. 평생 몸집만큼 커다란 옹기를 머리에 이고 장사 다니셨던 어머니 얼굴은 까맣게 그을리고 주름이 가득했다. 학교를 마치고 집에 가다가 옹기를 이고 배달 나가시는 어머니를 보면 얼른 다른 길로 돌아가곤 했다."

나는 이 글을 읽으면서 눈시울이 뜨거워졌다. 옛날의 내 어머니 생각이 났고 어릴 때의 못난 내 모습이 떠올랐기 때문이다. 얼마 전 세상을 떠난 인기 작가 최인호의 글에도 어머니 얘기가 있다. 중학교 시절, 학부모들의 참관일이 되면 그는 볼품없는 초라한 어머니와 마주치지 않으려고 학교에서 화초를 기르기 위해 만든 온실 속에 숨어 시간을 보냈다는 내용이다.

나는 이런 글을 읽으면서 세상이 아무리 변하고 우리가 잘 살게 되었다 하더라도 아니 잘 살게 변하면 변할수록 더욱 없어지지 않고 잊혀질 수 없는 것이 바로 한국의 어머니들이구나 하는 생각을 갖게 되었다. 풍요로운 환경에서 자라는 우리 후손 세대에서도 어머니의 상像이 그렇게 지속될지는 알 수 없으나 나에게 있어 어머니는 정말 그리운 이름이다. 꿈에서라도 꼭 보고 싶은 얼굴이다. 허영엽 신부는 앞에 인용한 어머니를 회상하는 글을 다음과 같이 맺었다.

"나이가 들수록 미치게 보고 싶어지는 사람은 바로 세상을 떠난 어머니다.…… 꿈에서라도 어머니를 뵙고 싶다. 그러면 생전에

한 번도 못 드린 말씀을 드리고 싶다. 어머니 고맙습니다. 그리
고 사랑합니다.”

어쩌면 이렇게도 내 심정과 똑 같은 글을 썼을까. 우리나라
에는 고생만 하시다 간 지난날의 어머니를 잊지 못하고 그리
워하는 아들들이 이렇듯 곳곳에 많이 있다.

세상이 변하면서 많은 것이 자꾸 없어지고 잊혀져간다. 얼
마 전 나는 신문에 실린 칼럼에서 다음과 같은 사연을 읽었다.
초등학교 어린이가 우리 속담의 뜻을 몰라 인터넷에 그 해답
을 구하는 내용이다. “빈대 잡으려다 초가삼간 태운다”는 속
담인데 빈대가 무엇인지 초가삼간이 어떤 것인지 모르기 때
문에 그 뜻을 묻는 질문이었다.
　우리 속담 또는 비유어比喩語에는 오랜 세월을 거치면서 만
들어진 생활 언어가 많다. “이 잡듯이 뒤진다” “서캐 훑듯 한
다” “뛰어 보았자 벼룩” 등의 말이 모두 그러하다. “낫 놓고 기
역자도 모른다” “소 잃고 외양간 고친다” “등잔 밑이 어둡다”
는 속담도 모두 옛 삶에서 우러나온 말들이다.

빈대와 초가삼간을 모르는 세대라면 몸에 기생하는 이(蝨), 서캐, 옛 농가에 있었던 외양간, 밤이면 불을 밝혀주는 등잔을 알 턱이 없다. 따라서 그 속담이나 비유어의 뉘앙스를 이해하기는 더욱 어려울 것이다. 세월이 흐르고 세상이 변하면 이와 같이 말이 통하지 않게 된다. 말뿐만 아니라 어떤 사물을 해석하는 가치관까지 달라진다. 우리 주변에는 이런 현상이 너무 많다. 우리 사회가 놀라운 속도로 빨리 변하는 탓이다.

몇 년 전, 내가 겪은 일이다. 외국에서 초등학교를 졸업하고 귀국해 중학교에 진학한 외손자가 이런 질문을 해왔다.

"할아버지, 암탉이 울면 집안이 망한다는 속담이 있는데 암탉이 울면 왜 집안이 망해요?"

나는 무엇이라 답변해야 할지 난감했다. 겨우 이치가 맞도록 설명한 것이 남녀가 해야 할 일이 각기 다르다는 것, 남자가 해야 할 일을 여자가 한다거나 남자를 제쳐 놓고 여자가 설쳐 댄다면 그 집안이 잘 될 까닭이 없다는 것 등을 그 속담이 생긴 이유로 설명했다. 그랬더니 손자놈 반응이 여자의 능력과 권리를 무시한 후진 국가에서나 있을 법한 속담이라는 것이다. 하기는 우리나라의 경우 남자보다는 여자가 훨씬 더 그

능력이 뛰어난 편이다.

전 세계의 내로라하는 선수들이 참가해 불꽃 튀는 경쟁을 벌이는 골프대회(LPGA)가 열리면 한국 여자 선수들이 단연 앞선다. 박인비 · 최나연 · 신지애 · 류소연 등 박세리 키즈들이 늘 톱10 안에 든다. 지금 세계 랭킹 1위도 한국 여자가 차지하고 있다. 미국 CNN 방송이 2013년 말, 한국이 세계 어느 나라보다도 잘 하는 열 가지를 뽑아 발표한 것이 있는데 인터넷 보급, 스마트폰 이용률과 함께 여자골프가 들어 있다. 한국 남자들은 세계무대에서 이런 성적을 아직까지 내 본 일이 없다.

골프뿐만이 아니다. 세계무대에서 이름을 날린 바이올리니스트 정경화, 소프라노 조수미, 빙상계의 피겨 여왕 김연아 등 모두 여자들이다. 특히 소치에서 열린 동계올림픽에서는 스피드 스케이트의 이상화, 쇼트트랙의 박승희 · 심석희 등 금메달을 거머쥔 주인공은 모두 여자들이었다.

우리나라의 경우 여인천하女人天下라는 표현이 헛말이 아니다. 그래서 "암탉이 울면…" 운운하면서 우리 선조들이 여자를 죄어 놓은 것은 남자들 실력이 부치기 때문이라고 역설을 내놓는 풍자객도 있다.

지금 고급 관리를 뽑는 행정, 외무고시와 사법고시 합격자를 보면 여자가 남자를 앞지르고 있을 뿐 아니라 대통령 자리까지 여자가 차지하게 되었다. 옛날 우리 선조들이 만약 여자에게도 과거시험을 볼 수 있는 기회를 주었더라면 그때에도 여자가 남자를 앞질렀을지도 모른다. 이렇게 보면 남자 실력이 달려서 여자를 묶어두기 위해 생긴 속담이라는 풍자객의 역설이 그냥 해 보는 우스갯소리가 아닐 수도 있다.

　10년이면 강산이 변한다고 했지만 이렇듯 우리는 빠른 변화를 겪으며 살고 있다. 따라서 변화의 격랑 속에 떠내려 간 많은 옛것 속에는 보릿고개니 빈대니 서캐니 하는 굶주림의 상징물이 사라진 후련함이 있으나, 반대로 그립고 아쉬운 것들도 있다. 우리는 과거로 돌아갈 수는 없다. 그러나 살아온 과거를 돌아 볼 수는 있다.

　작년에 작고한 국문학자 김열규 교수가 마지막으로 남긴 책이 있다. 『이젠 없는 것들』이라는 표제가 붙은 이 책은 우리 곁에서 점차 잊혀져가는 우리 삶의 흔적을 그리움과 애틋한 추억으로 고즈넉이 보여 주는 내용들이다.

"그리움은 아쉬움이고 소망이다. 놓쳐 버린 것, 잃어 버린 것에 부치는 간절한 소망. 그런데 이제 바야흐로 우리 한국인이라면 누구나 사무치는 그리움으로 애달픔에 젖는 것, 그건 뭘까? 지금은 가고 없는 것, 지금은 사라져 버린 것, 하지만 꿈엔들 못 잊을 것은 뭘까? 그래서 서러움에 젖는 건 또 뭘까?"

서문에서 이렇게 책을 쓰게 된 심경을 토로한 김 교수는 대장간, 물레방아, 주막집, 장독대, 아궁이 등 우리의 전통적 삶의 부품들과 제기차기, 엿치기, 자치기, 팽이치기 등 옛 놀이들이 없어지고 잊혀지는 것이 못내 아쉬워 그것을 하나하나 책에서 복원시켜 놓았다. 이를테면 장독대에 관해 그는 이렇게 썼다.

"부엌 뒤편, 뒤뜰의 한편에 있던 장독대 … 거기 장독대에 한 집안 맛의 으뜸이 고여 있다. 고조 증조 이래로, 아니 그보다 더 오랜 조상에게서 물려받은, 그래서 대대로 이어져 온 맛이며 미각이 거기 깃들여 있다. … 그러나 이젠 없다. 간장, 된장, 고추장, 모두 슈퍼마켓에서 사다 먹는다. 그러다 보니 장독대가 필요 없게 되고 말았다. 장독대는 없어지거나 빈터가 된 지 오래다. 덩달아 우리 생활의 일부도, 거기 엉긴 마음가짐도 빈털터리가 되고 말았다."

상실의 세대가 갖는 지난날에 대한 고별 탄식이며 흘러간 세월에 대한 애틋한 노스탤지어라 할 수 있다.

옛 생활에서 숙성되고 생겨난 속담의 뜻을 모르고 자라난 세대들이 지금은 없어진 것, 잊혀져가는 것들에 대해 쓴 이런 책을 보면 어떤 감상, 어떤 느낌을 받을지 알 수 없으나 꼭 읽히고 싶은 내용들이다.

12월 5일은 '무역의 날'이다. 1964년 12월 5일, 그때 현재로 우리나라의 연간 수출액이 1억 달러가 되었다 하여 그것을 기념해 만든 날이다.

한국은 자원이 없는 빈국이다. 대대로 가난하게 살아왔다. 숙명처럼 내려온 이 가난을 면하기 위해서는 뭣인가를 만들어 외국에 내다 팔아야 했다. 그래서 "수출만이 살 길이다."라는 표어가 생겨났다. 그 후 우리는 어떤 길을 밟아 어떻게 변했는가. 이것만은 아무리 세월이 흘러도 절대 잊어서는 안 된다.

2013년 12월 5일, 제50회 '무역의 날'을 맞았다. 연간 수출이 5천6백억 달러에 이르렀다. 50년 만에 우리는 5천6백 배 성장했다. 그래서 신문 방송에서는 이 놀라운 기록을 "기적이란 단어 말고는 달리 표현할 길이 없다."고 보도했다. 통계를 추적해 보면 정말 기적이란 말이 나올 수밖에 없다. 세계 시장 점유율 5% 이상인 일류 상품을 우리는 지금 461개나 가지고 있고, 세계에서 차지하는 우리나라 수출 순위는 이제 7위에 올라 서 있다.

6·25 전쟁으로 인해 잿더미가 되었던 나라, 외국의 원조 없이는 살아갈 수 없었던 민족이 불과 50년 동안에 이루어 낸 기록이다. 세계 역사에 그 유례를 찾을 수 없는 발전이었다. 무엇이 우리를 이렇게 만들었을까.

"나는 1963년, 파독광부派獨鑛夫 제1진으로 서독행 비행기를 탄 사람이다. 5백 명을 모집하는 데 4만6천 명이 몰릴 만큼 그때 우리나라에는 일자리가 없었다. 서독 항공기가 우리들을 태우기 위해 온 김포공항에는 광부와 간호사의 가족 친척들이 흘리는 눈물이 바다를 이루었다."

광부로 서독에 가서 1천 미터가 넘는 깊은 땅속에서 하루 10시간씩 중노동을 했던 단국대 명예교수 석종현 씨가 신문에 쓴 회상기의 한 토막이다. 1963년, 5·16 군사정변 후 처음 출발한 정부는 가난을 벗어나 보려고 경제개발계획을 세웠으나 그 밑천이 되는 돈이 없었다. 세계에는 돈 많은 나라, 돈 많은 은행이 수두룩했으나 아무도 우리를 상대해 주지 않았다. 우리의 1인당 국민소득이 69달러, 유엔이 조사한 세계 120개국 가운데 꼴찌에서 두 번째였던 시절이다. 무엇을 보고 우리한테 돈을 꾸어 주겠는가.

그래서 고심 끝에 만들어낸 것이 광부와 간호사의 서독 파견이었다. 광부 5천 명과 간호사 2천 명을 파견해 그들이 받을 3년간의 급여를 독일 코메르츠은행에 매달 예치시켜 그것을 담보로 돈을 꾸는 방식이었다. 눈물겨운 이야기다. 우리나라 대통령이 서독을 방문했을 때 광부와 간호사를 찾아가 애국가를 부르며 함께 눈물을 흘린 일도 있었다. 1964년 12월, 서독 루르지방 함보른 탄광지대를 방문했던 박정희 대통령이 품팔이하러 온 광부와 간호사 앞에서 "우리 후손만큼은 절대로 여러분처럼 팔려나오지 않도록 하겠다."고 하면서 울었던 사건이다.

"탄광 갱도는 섭씨 40도를 오르내리는 숨 막힐 정도로 덥고 답답했다. 옷은 땀으로 범벅이 되어 속옷 차림으로 일을 해야 했다. 장화 안은 지하수와 땀으로 가득 차 몇 번이고 고인 물을 쏟아 내야 했다."

광부 제1진으로 독일에 갔던 석종현 교수의 회고담이다. 또 서독에 갔던 우리나라 간호사들은 시신屍身을 닦는 일을 비롯해 독일인들이 하고 싶지 않은 궂은일들을 도맡아 했다.

이런 곡절을 겪으며 70년대 후반까지 광부 8천 명, 간호사 1만1천 명이 서독으로 갔다. 이들이 덜 먹고 덜 입으며 고국에 보낸 돈이 1억 달러가 넘는다. 이 돈은 고속도로를 깔고, 제철공장을 세우고, 시멘트 비료 자동차 산업을 일으키는 종잣돈의 한몫을 했다. 이제는 잊혀져가는 옛 얘기가 되었지만….

그로부터 50년이 지난 2013년, 독일 현지에서 광부와 간호사 파견 50주년을 기념하는 몇 가지 행사가 열렸다. 곳곳에 흩어져 살고 있는 지난날의 광부와 간호사들이 한 자리에 모여 조촐한 기념식을 가졌다. 이 자리에는 독일정부의 노동부 차관이 참석해 기념사를 했다. "여러분이 없었더라면 한강의 기적은 없었을 것"이라 했다.

한국에서는 이와 때를 맞추어 연예인들이 독일로 가서 지금은 인생의 황혼기를 맞은 이들 앞에서 그 공로를 기리는 위문공연을 했다. 특히 KBS는 인기프로인 '가요무대'를 현지에 가서 녹화했다. 현지에서 프로 진행을 맡았던 김동건 아나운서 말에 의하면, 노래 한 곡조 부를 때마다 공연장에 모인 왕년의 광부 간호사들은 서로 부둥켜안고 눈물을 흘렸다고 한다. 오늘, 우리가 이만큼 잘 살고 있는 배경에는 이와 같은 과거가 있었다.

오늘의 우리를 있게 한 눈물겨운 배경은 이 밖에도 많다. 독일로 간 광부와 간호사 이야기는 많은 배경중의 한 가닥일 뿐이다. 낯선 외국 시장을 파고들었던 가발, 신발, Y셔츠, 장갑…. 밤낮 없이 열악한 환경에서 그것을 만들어 냈던 가냘픈 여공들의 땀방울, 이런 것이 수출의 모체가 되었다. 처음에는 원시적인 수출산업에서 시작했으나 이제는 냉장고, TV, 세탁기를 거쳐 자동차, 선박, 휴대전화, IT전자 첨단산업으로 발전했으니 정말 기적을 만들었다고 할 수 있다. 세월이 가고 많은 것이 변해도 이런 '기적 이야기'가 잊혀져서는 안 된다.

우리나라에서 변하고 잊혀진 것이 먼 외국에서 피어나는 경우도 있다. 오래전에 미국으로 이민 간 내 친구가 있다. 식품사업에 성공하여 부자가 되었다. 자녀들도 모두 명문대학을 졸업하고 각기 자리를 잡았다.

몇 년 전 나는 미국 여행을 갔을 때 그 친구집에 유숙한 일이 있다. 그런데 마침 그날이 그 친구 부친의 제삿날이었다. 나는 어릴 때 친구 부친을 뵈온 일도 있어 함께 제사에 참여했다. 내 친구는 한국에서와 똑같이 제사상을 차렸다. 지방을 써서 모셔놓고 과일은 '홍동백서紅東白西', 고기는 '어동육서魚東肉西', 반찬은 '생동숙서生東熟西' … 모든 것이 옛날 예법 그대로였다.

그런데 내가 크게 놀란 것은 그 친구의 복장이었다. 검은 양복에 검정색 넥타이가 아니었다. 한복을 입고 그 위에 도포를 입은 것이다. 더욱 놀란 것은 머리에 유건儒巾까지 썼다. 친구만 그런 것이 아니라 친구의 아들들까지 같은 복장을 했다. "세상에…" 나도 모르게 이런 소리가 나왔다. 나도 부모님 제사를 매년 모시지만 도포를 입는 경우는 한 번도 없었다. 더욱이 유건은 어릴 때 본 일이 있지만 나는 한 번도 써본 일이 없었다.

한국에서 잊혀지고 없어진 제사의 옛 풍습이 이역만리 먼 미국 땅에서 옛 모습 그대로 재연되고 있는 것이다. 나는 감탄했다. "참말이지 자네는 놀라운 사람일세!" 제사를 마친 다음 저녁식사를 할 때 나는 친구에게 이렇게 말했다. 그랬더니 그 친구 대답이 이러했다. "미국 와 살아보니 한국의 풍습 중 고쳐야 할 것이 많았지만 부모에 대한 효孝 사상만은 절대로 버려서는 안 되겠다고 생각했다."는 것이다. 그래서 자식들에게 한글과 우리말은 물론 천자문까지 가르쳤고, 예절은 형식을 떠나서는 있을 수 없다는 생각이 들어 옛 조상들이 했던 형식을 그대로 답습하게 되었다는 것이다. 이 친구는 지금도 미국에서 이렇게 제사를 지내고 있다.

사람이 빵만으로는 살 수 없듯이 논리적으로만 살 수 없는

내 마음의 작은 동네

것이 또한 인생이다. 무엇을 버리고 무엇을 지켜야 하는지 우리 삶에는 이런 테마가 많이 존재한다. 그리고 세월이 아무리 많이 흘러도 절대로 잊혀질 수 없고 잊어서도 안되는 것들이 있다.

감자바위와 신사임당申師任堂

강원도 사람을 일컬어 감자바위라 한다. 나는 토박이 강원도 출신이라 이 말을 수없이 들으며 살아왔다. 어째서 이런 말이 생겼는지 그 연유는 알 길이 없으나 몇 가지를 추측해 볼 수 있다.

우선 감자바위라는 말은 '감자 같은 바위'라는 뜻이거나 또는 감자와 바위의 특성을 함께 지닌 '감자+바위'의 합성어로 해석된다. 어느 것이 되었거나 감자와 바위에 관련된 데서 연유된 것만은 확실해 보인다.

감자는 구황작물救荒作物의 대표적 식품인데 강원도에서 많이 재배된다. 별로 예쁘게 생기지 않은 투박한 모양새로 특별한 가공 없이 아무렇게나 먹을 수 있는 편리한 식품이다. 특히 감자는 햇볕이 짧게 들고 물이 귀한 산골에서 잘 자라는 작물이어서 강원도 지형에 맞는 농산물이다. 그래서 강원도 사람의 생김새와 그 품성이 타지방 사람에게는 감자와 흡사한 것으로 비쳐져 온 것이 아닌가 생각된다. 이것이 감자바위라는 말이 생긴 이유의 하나일 수 있다.

다음은 바위인데 알다시피 강원도는 산으로 뒤덮인 지방이다. 우리나라를 대표하는 아름다운 금강산을 비롯해 설악산, 오대산, 치악산, 태백산이 있고 험준한 준령이 가득한 고장이다. 대관령, 한계령, 미시령, 진부령, 구룡령, 삽당령 등이 모두 강원도에 있다. 그러다 보니 온 강산이 바위 천지라 할 수 있다. 바위는 언제 보아도 변하지 않고 늘 그 자리에 그냥 있는 우직함의 표본이다. 강원도 사람을 암하노불岩下老佛이라고도 한다. '바위 밑의 늙은 부처'라는 뜻인데 이것도 산수 풍토에서 생긴 말인 것 같다. 아무튼 감자바위라는 말은 감자밭이 많고 산과 바위가 많은 환경 때문에 생긴 호칭이라는 것이 나의 가설假說이다.

그런데 감자바위라는 말이 풍기는 뉘앙스에는 꾸밈이 없는 순박함이 있으나, 어딘가 좀 촌스럽고 어수룩하다는 의미가 포함되어 있는 것 같다. 강원도 사람은 과연 그런가? 나는 여기 대해서도 이리저리 생각해 보았다. 강원도는 산이 많아 교통이 우선 불편한 고장이다.

「메밀꽃 필 무렵」의 작가 이효석李孝石은 강원도 산골 출신이다. 그는 고향에 관한 수필에서 강원도 산세를 다음과 같이 쓰고 있다.

"태백산맥은 강원도를 길이로 갈라 산맥의 동과 서는 생활과 풍속과 성벽性癖이 심히 다르다. 대관령의 동편 영동 사람들이 영서를 부러워 할 때가 있듯이, 영서 사람들은 영동을 그리워 할 때가 있다. 동쪽이란 늘 그리운 곳인 것 같으나 영동은 해물과 감(柿)의 고장이므로 그리워하는 것이나, 대신에 영서는 산과 들과 수풀과 시내의 고장이요 자연은 더한층 풍성하다. 영동에서는 달이 바다에서 뜨나 영서는 달이 영嶺에서 뜨므로 그 조화는 한층 복잡하다."

이와 같이 강원도는 산들이 고을을 갈라놓은 곳이다. 지금은 고속도로까지 생겨 길이 사통팔달四通八達, 아무데나 마음대로 오갈 수 있으나 불과 몇십 년 전만 해도 그렇지 못했다. 예를 들면 춘천과 강릉, 두 도시는 모두 강원도 안에 있으면서도 두 곳을 잇는 도로망이 불편해 서울을 경유해 오가는 것이 더 편리했던 때가 있었다.

또 이런 경우도 있었다. 대학 다닐 때였다. 나는 방학을 맞아 고향인 강릉으로 가는 기차를 탔다. 서울에서 원주를 거쳐 제천으로, 거기서 영주를 경유해 영월, 정선, 황지, 도계로, 계단식 철로를 지그재그로 오르내리면서 태백준령을 넘어 묵호로 들어가 강릉으로 가는 코스였다. 서울에서 경기도를 지나 강원도로, 다시 충청북도와 경상북도를 돌아 다시 강원도로 진입하는 방식이었다. 몸이 지칠 대로 지치는 10시간이 넘는 여행이었다. 그 후부터 나는 기차를 다시는 타지 않았다.

돌아다보면 이 길은 1960~70년대 우리나라 각 가정에 구공탄을 공급했던 석탄의 운반 코스였다. 함백산, 백운산, 두위봉을 휘감고 있는 이 지역은 강원도에서도 산골 중의 산골, 오지奧地에 속한 탄광촌이었다. 지금은 폐광이 되어 강원랜드

카지노가 들어선 곳이 되었지만, 40년 전만 하더라도 석탄을 캐 나르던 험악한 산길이었다. 그래서 지금은 이 길을 차마고도茶馬古道에 빗대어 운탄고도運炭古道라 부르기도 한다.

강원도를 대표하는 민요 '정선아리랑'의 곡조가 애절하고 슬픈 것은 산속에 갇혀 하늘만 쳐다보고 세월을 보내야 했던 신세타령이라 할 수도 있다. 아무튼 강원도는 이와 같이 험준한 산에 가로막혀 다른 지방과의 교류가 힘든 곳이었다. 따라서 요즈음 용어로 말하면 서울과의 소통, 커뮤니케이션이 잘 안 되는 벽촌신세가 된 것이 옛날의 강원도였다.

따라서 시류時流에 어둡고 잇속 챙기는 데 둔할 수밖에 없게 되어 다른 지방 사람이 보기에 촌스럽고 어수룩해 보였던 것이 아닌가 생각된다. 이것도 내가 멋대로 추측해 본 사설私說이다.

그러나 강원도가 배출한 인물을 보면 내 이론이 꼭 맞는다고 우길 수는 없다. 우리 역사에 등장한 율곡栗谷과 그 어머니 신사임당申師任堂, 『홍길동전』을 쓴 허균許筠과 그의 누님 난설헌蘭雪軒은 모두 강릉 출신인데, 당대를 대표하는 천재들이었다. 촌스럽고 어수룩한 것과는 얼토당토않은 인물들이다. 현

내 마음의 작은 동네

대에 와서도 빈주먹으로 세계적 기업을 일으킨 정주영鄭周永이 강원도 통천 출신인데, 그가 어수룩하고 잇속에 어두웠던 사람이라면 어떻게 거부巨富가 되었겠는가.

감자바위 출신 두 인물의 초상화가 지금 우리나라 돈 지폐에 올라있다. 5천 원권의 이율곡과 5만 원권의 신사임당이 그 두 인물이다. 어머니와 아들이 함께 등장해 있는 것도 특이하지만 두 분이 올라있는 5천 원과 5만 원 지폐의 5라는 숫자는 유교에서 가장 높이 받드는 성수聖數이기 때문에 그 의미가 특히 크다.

조선왕조를 지배했던 통치 이데올로기는 유교였다. 유교는 우주 만물의 근원 에너지를 오행五行으로 보았다. 행行이라는 것은 만물이 생기고 변하는 것을 의미하는데 그 원소元素를 다섯 가지로 보았다. 목木 · 화火 · 토土 · 금金 · 수水가 바로 그것인데 이것을 오행이라 한다. 이 다섯 가지 원소는 상생相生과 상극相剋 관계를 이루면서 세상을 지배해 간다는 이론이다. 이 오행이론은 우리 일상생활까지 지배할 만큼 철저히 신봉되었다.

가장 대표적인 예가 우리 이름의 항렬을 들 수 있다. 우리나라는 아이가 태어나면 그 이름을 지을 때 '항렬行列'이라는 것에 맞추어 짓는다. 돌림자라고도 하는데 형제 사이는 반드시 글자 하나를 같이 써야 하는 규칙이 있다. 형 이름에 '영泳' 자가 들어 있으면 형제들 이름에는 모두 '영泳' 자가 들어가야 한다. 영환泳煥·영휘泳徽·영익泳翊 같은 형식이다.

그런데 이 항렬을 정하는 방법이 바로 오행이다. 목생화木生火, 화생토火生土, 토생금土生金, 금생수金生水, 이것이 바로 오행의 상생 관계이다. 앞에 인용한 '영泳'은 '삼수(氵) 변'의 글자이므로 물(水)이다. 금생수金生水, 물을 낳게 한 것은 '금金'이므로 '영泳' 자 항렬 윗대의 이름에는 '금金' 자가 들어 있는 글자여야 한다. 그래서 '영泳' 자 항렬의 윗대 이름을 보면 '태호台鎬' '승호升鎬' 등 '쇠금(金) 자 변이 있는 글자(鎬)'가 항렬이 된다. 이것은 구한말의 외척 여흥 민씨閔氏의 경우인데, 우리나라는 모든 씨족 모든 가문이 다 이와 같이 오행의 상생법칙을 따라 이름을 지어왔다. 이 관행은 지금도 계속되고 있다.

오행사상은 이 밖에도 많다. 우리가 지금 쓰고 있는 1주일 단위의 요일 표시도 화요일·수요일·목요일 식으로 화火·

수水 · 목木 · 금金 · 토土로 쓰고 있다. 빛도 다섯 가지(丹 · 黃 · 蒼 · 素 · 玄)로 나누어 오색이 찬연하다는 말을 쓴다. 뿐만 아니라 우리 몸도 오장(五臟: 肝 · 心 · 脾 · 肺 · 腎)으로 나누어 오장육부라 부른다. 이와 같이 다섯이라는 숫자는 유교가 신성시하는 대상인데 율곡과 그 어머니 사임당이 다 같이 5천 원과 5만 원짜리 지폐에 등장했으니 우연의 일치겠지만 두 모자가 최고의 예우를 받고 있는 셈이다.

신사임당이 5만 원권 지폐에 오를 때 말이 많았다. 애초 동기는 우리나라 역대 여성 가운데서 가장 모범이 될 만한 인물을 골라 기념하자는 데 있었다. 학자들의 자문도 받았고 여론조사도 했다. 그 결과 선택된 여성이 바로 신사임당이었다. 선정 기준은 모범적인 현모양처라는 데 있었다. 그러나 말썽이 생겼다. 첫째는 사임당은 율곡의 어머니이므로 모자母子가 모두 지폐에 오르는 것은 공평성을 유지하는 데 맞지 않는다는 것이고, 둘째는 사임당이 우러를 만큼 과연 모범적인 현모양처에 해당하는가 하는 문제였다.

논의를 거듭했다. 첫 번째 문제였던 모자 관계는 문제 삼을만한 거리가 안 된다는 것으로 쉽게 해결되었다. 그러나 두 번째 문제인 현모양처에 관해서는 많은 논의가 있었다. 율곡이라는 아들을 당대의 학자이며 경세가로 길러낸 어머니이니만큼 현모임에는 틀림없으나, 사임당이 남편과 시댁을 잘 모신 양처로 보기는 어렵다는 주장 때문이었다. 이 문제도 결과적으로는 아무 문제가 없음으로 결론이 나 지폐가 발행되기에 이르렀으나 지금도 납득하지 못하는 사람이 꽤 있다.

그러면 신사임당은 어떤 여성이었는가. 과연 양처가 아닌 여성이었는가. 나는 여기에 대해 나름대로 많은 서적을 뒤적여 보았다. 신사임당은 1504년, 신명화申命和의 맏딸로 강릉에서 태어났다. 중종반정으로 연산군이 폐위되기 2년 전이었다. 그의 밑으로 네 명의 동생들이 태어났으나 모두 딸이었다. 말하자면 사임당은 아들 없이 딸만 다섯인 신씨 집 맏딸이었다. 어려서부터 재주가 많았다. 하나를 가르치면 열을 아는 영특함이 있었는가 하면 글씨와 그림에 천재적인 재능을 보였다. 그의 아버지는 어느 누구보다도 사임당을 애지중지했다.

사임당이 덕수 이씨의 이원수와 결혼한 것은 그가 열아홉 살 때였다. 당시로 보아서는 늦은 결혼이었고 친정은 강릉, 시댁은 먼 경기도 파주였다. 사임당은 결혼 후 시집살이를 하지 않고 강릉에 눌러 앉아 친정살이를 했는데 이것이 바로 양처 시비를 일으킨 불씨였다. 율곡은 후일 어머니 사임당의 일대기(『先妣行狀』)를 기록한 글에서 사임당이 결혼 후 강릉에서 친정생활을 한 것이 19년간이었다고 썼다. 또 결혼 후 시어머니를 만나러 시집에 처음 간 것이 3년 후였다고 밝히고 있다.

다시 한번 정리해 보면 신사임당은 19세에 경기도 파주 이원수에게 시집을 갔으나 38세 때까지 친정에서 살았다. 그 후 시댁으로 갔으나 9년 남짓 살다가 47세를 일기로 세상을 떠난 여인이다.

지금 우리가 갖고 있는 상식으로 보면 친정 위주의 생활, 시집 홀대의 모습으로 여겨진다. "이런 여자가 어떻게 양처란 말인가?" 하는 이의가 나옴직한 일이다. 그러나 이런 견해는 우리 역사를 제대로 알지 못하는 데서 나오는 오해이다. 신사임당이 살았던 시기는 16세기 전반기였다. 조선왕조 500년을 전·중·후기로 나눈다면 전기에 속하는 때였다. 그때는 남녀 간의 결혼 풍습이 지금처럼 여자가 남자 집으로 시집가는 친영제親迎制가 뿌리 내리기 전이었다. 반대로 남자가

99

여자 집으로 장가드는 남귀여가제男歸女家制가 보편화 되어 있던 때였다.

주자의 성리학적 유교를 통치이념으로 출발했던 조선왕조는 중국 한漢족의 풍습을 닮으려 애썼다. 당시 중국(명나라)은 남자가 여자 집으로 장가드는 풍습을 야만시했다. 그래서 세종 17년(1435) 조선에서는 사대부집에서 딸을 시집보내면서 처음으로 남귀여가제를 폐지하고 친영제를 실시하게 되었다. 『세종실록』을 비롯해 세조 성종 중종 임금 때까지의 여러 기록을 보면 왕이 신하들에게 "딸을 좀 시집으로 보내라"고 말한 것이 가끔 눈에 띈다. 풍습이라는 것은 하루아침에 바꾸어지지 않는 것이어서 아무리 왕실에서 다그쳐도 여전히 남자가 여자 집에서 처가살이를 하고 있었음을 여러 곳에서 찾아볼 수 있다.

사임당이 결혼한 당시까지도 이 풍습이 그냥 이어져 왔다. 이때까지만 해도 여자들의 권리가 당당했다. 여자들이 시집가서 벙어리 3년, 귀머거리 3년, 장님 3년의 혹독한 부덕婦德을 강요받은 시집살이 풍습은 조선조 후기, 지금부터 불과 300여 년 전에 굳어진 풍조에 불과하다. 그렇기 때문에 조선

후기의 관행이 마치 옛날에도 그랬던 것으로 잘못 알고 비교해서는 안 된다.

마치 오늘날 우리가 먹고 있는 음식물에 대해 얼큰하게 매워야 우리 것인 것처럼 잘못 알고 있는 것과 흡사하다. 김치 깍두기 고추장 찌개 등 한국음식은 매운 것이 기본인 것처럼 생각하는 사람이 많다. 이것은 잘 모르고 하는 소리다. 고추가 우리나라에 들어온 시기는 임진왜란 전후였다. 16세기 말엽이다. 그것이 음식에 가미되어 우리 식탁에 매운 식품이 등장하게 된 것은 지금부터 불과 200년 전부터의 일이다. 긴 역사의 흐름에서 보면 최근의 일이라 할 수도 있다. 그런데 이런 유래를 모르고 오랜 옛날부터 우리는 매운 김치를 먹어온 것으로 착각하는 사람이 많다.

신사임당의 경우도 마찬가지이다. 당시의 풍습은 그때의 잣대로 재야 한다. 그래서 사임당의 양처良妻 시비는 일단락되었다. 그랬더니 이번에는 초상화가 잘 그려지지 못했다는 시비가 또 일어났다. 지폐에 인쇄된 초상화 모습이 "술집 주모 같다" "기생 같다" "궁상맞다"는 등 혹평이 쏟아졌다.

사임당 초상화를 그린 화가는 서울대 미술대 교수 출신의 이종상 화백이었다. 그는 한국은행의 제의를 받고 7개월 동안 그림을 그렸다. 초상화의 원화는 강릉 오죽헌에 걸려있는 김은호 선생이 그린 사임당 표준 영정이었다. 이 영정을 밑그림으로 삼아 머리 모양과 복장을 전문가의 고증을 받아 그렸다는 것이 이 화백의 회고담이다. 그는 그때 일을 다음과 같이 말하고 있다.

"돈은 나라 경제를 대표하는 얼굴인데 처음으로 여성 예술가의 얼굴이 우리 지폐에 사용돼 반가웠다. 화폐에 들어가는 영정은 위조지폐를 방지하기 위해 정면 그림은 사용하지 않는다. 그래서 얼굴을 약간 옆으로 각도를 틀면서 입술과 눈동자를 거기 맞춰 다시 그렸다. 일반 사람이 보면 기존 화폐와 달리 그림처럼 그려져 낯설 수도 있지만 외국 어디에 내놔도 손색이 없다."

이종상 화백은 이러쿵저러쿵 하는 평판에 개의치 않았다. 아무튼 사임당의 얼굴이 들어 있는 돈은 화폐 단위가 가장 높아 그런지 우리나라 화폐 가운데서 가장 인기가 높다. 한국은행 자료에 의하면 2013년 8월 말까지 시중에 풀린 5만 원권은 37조9천3백56억 원으로 전년 말보다 5조 원이나 늘어 우리나라 전체 화폐 발행 잔액 중 67%에 이른다고 한다. 그런데 가끔 이 지폐가 불법자금의 은닉 수단으로 쓰이고 있어 좀 씁쓸하다.

신사임당은 이 세상을 하직할 때 남편에게 자기가 죽은 후 다른 여자를 후처로 들이지 말라고 유언했다. 나는 이런 기록을 보면서 강원도 감자바위 여인이 어떻게 이렇듯 당당하고 자존심이 강했을까 경탄했다. 지금 강릉 오죽헌에는 사임당이 그린 그림과 글씨가 전시되어 있다. 살아 움직이는 것처럼 보이는 초충도草蟲圖 그림과 미풍에 춤을 추는 듯하는 붓글씨의 필치를 보면 이분이야 말로 하늘이 내린 천재라는 감탄을 금할 수 없다. 율곡도 어머니를 회상하는 글(「先妣行狀」)에서 그림 솜씨는 "천하에 당할 사람이 없었다."고 썼다.

나는 몇 해 전 경기도 파주 임진강 남쪽에 위치한 율곡을 모신 자운서원과 그 옆의 덕수 이씨 묘역도 가 본 일이 있다. 신사임당과 그의 남편 이원수 그리고 그의 아들 율곡이 묻힌 묘가 가지런히 있었다.

태생이 감자바위여서 그런지 나는 감자를 좋아한다. 지금
도 간혹 영동고속도로를 갈 때에는 횡성휴게소에 들러 꼭 감
자떡을 사먹는다. 어릴 때 집에서 많이 먹던 음식이어서 그
맛을 잊을 수 없다. 역사를 조금 들추어 보면 우리가 먹는 식
품 가운데서 감자만큼 그 평가가 극에서 극으로 왔다 갔다 한
것도 없을 것 같다.

19세기 중엽, 미국 이민길에 올라야 했던 아일랜드 사람의
비극이 감자 때문이었다는 것을 아는 사람이 별로 없다. 1840
년 감자곰팡이 병이 번져 아일랜드를 휩쓸게 되자 먹을 것이
없어 10년 동안에 걸쳐 100만 명이 굶어 죽었다. 이에 150만
명에 이르는 많은 사람들이 다른 나라로 옮겨 갔는데 대부분
이 미국 땅으로 이주했다.

아일랜드 이민자들의 뉴욕시 형성 과정을 그린 영화「갱스
오브 뉴욕(Gangs of New York)」이 바로 그것을 보여 주는 내용인
데, 사족을 붙이자면 뒷날 미국의 자동차 왕이 된 헨리 포드
의 아버지 윌리엄 포드도 이때의 이민자 중 한 사람이었다.

감자 농사가 잘되고 못되는 데 따라 사람 목숨이 왔다 갔다
하게 된 이 식품의 원산지는 남미의 페루였다. 음식문화 평론

가인 윤덕노 씨 글을 보면 스페인 탐험가 곤잘로가 금을 캐겠다고 페루를 뒤지고 다니다가 금을 찾지 못하고 대신 감자를 스페인으로 가져왔다고 하는데 그때가 1565년이었다. 그런데 처음에는 이 감자가 구박 받는 천덕꾸러기였다고 한다. 스페인에서는 맛이 없다고 선원들의 비상 식품으로 쓰였으나 다른 나라에서는 심한 푸대접을 받았다.

프랑스에서는 감자를 먹으면 문둥병이나 매독에 걸린다고 했고, 지금은 감자가 주식인 독일에서도 처음에는 돼지에게 먹이는 사료로 취급받았다. 그 후 프랑스와 프러시아 사이에 전쟁이 일어나자 포로수용소의 식량으로 감자가 이용되었다고 하는데, 이때부터 감자는 기근이 닥쳤을 때 구황 식품으로 각광을 받기 시작, 점차로 각 가정의 식탁에 오르게 되었다는 것이다.

지금 서양 사람들이 얼마나 감자를 많이 먹는가는 켄터키 치킨이나 맥도널드의 인스턴트식품만 보아도 알 수 있다. 몇 년 전 나는 미국 서부의 아이다호(Idaho)주를 자동차로 여행한 일이 있다. 남쪽에서 북쪽으로 반나절을 달렸는데도 길 양쪽은 끝없는 감자밭이었다. 강원도의 감자밭은 여기에 비하면 그야말로 새 발의 피, 해변의 모래알 한줌에 불과하다는 것을 피부로 느꼈다.

그러면 이런 극단적인 곡절을 겪으면서 식탁에 오르게 된 감자는 언제 우리나라에 왔는가? 기록에 의하면 1824년경 만주지방의 간도間島에서 전래된 것으로 알려져 있다. 감자와 비슷한 고구마는 1700년대 중반, 통신사로 일본에 갔던 조엄이 귀국할 때 가져왔는데 감자는 이보다 1백년 뒤에 들어온 것으로 되어 있다.

이웃 나라 중국과 일본의 경우 고구마 감자 등 기근을 구제해 주는 구황작물이 벌써 16세기 말에서 17세기 초에 전래된 것을 감안하면 우리는 아주 늦은 셈이다. 우리 조상들이 좀더 일찍 깨어 있었다면 외국의 이런 농작물을 빨리 가져와 초근목피로 연명하는 가난과 기근을 면할 수 있었을지도 모른다. 감자는 이런 아쉬운 교훈도 주고 있다.

벗 세 사람(畏友三題)

———

고산孤山 윤선도는 「오우가五友歌」에서 "내 벗이 몇이냐 하니 수석과 송죽이라 / 동산에 달 오르니 그 더욱 반갑고야 / 두어라 이 다섯 밖에 더 두어 무엇 하리"라고 사람 아닌 자연 다섯 가지, 수水 · 석石 · 송松 · 죽竹 · 월月을 벗으로 꼽았다.

풍진 세상을 벗어나 선경仙境을 거니는 신선의 경지라 할 만하다. 그러나 이런 풍류는 시詩의 세계에서나 가능한 일이다. 속세 누항에 사는 현실적 삶은 사람에 부대끼며 살아야 하고 그 속에서 벗을 찾을 수밖에 없다.

나도 살다 보니 많은 벗을 사귀게 되었다. 공자는 "나보다 못한 자를 벗으로 삼지 말라(無友不如己者)."라고 가르쳤는데 다행스럽게도 내가 친하게 사귄 벗들은 모두 나보다 나은 사람들이어서 이 교훈만은 지킨 셈이다.

초지일관初志一貫이란 말이 있다. 뜻을 한번 세우면 끝까지 해낸다는 말인데 아무나 할 수 있는 쉬운 일이 아니다. 대개의 경우 작심삼일, 사나흘쯤 계속하다가 흐지부지 그만두는 경우가 대부분이다.

그러나 내 가까운 벗 가운데는 이것을 실천해 온 존경스러운 사람이 몇 있다. 예를 들면 70년 가까이 하루도 빠지지 않고 매일 일기를 쓰고 있는 '외우畏友'가 있다. 중학교 1학년 때부터 팔순에 이른 오늘까지 일기를 꼬박 꼬박 쓰고 있으니 이런 성실한 인생 기록자를 나는 본 일이 없다. 조선일보 편집국장, 주필을 지낸 신동호申東澔 씨가 바로 그 사람이다.

언론계에서만 평생을 보낸 그는 익살과 유머가 일품이어서 어떤 모임에서건 좌중의 얘기를 주도한다. 남을 압도하는 달변가이지만 그의 익살 속에는 늘 촌철살인의 날카로운 비수가 숨겨져 있다.

"우리나라 민주주의(선거)를 좀먹는 3대 원흉을 아는가?"

신동호의 익살이다. 첫째는 학교 동창회, 둘째는 고향 향우회, 셋째는 씨족 화수회라는 것이 그의 짤막한 독설이다. 겉으로 보기에 이렇듯 호방한 사람이 매일 꼼꼼하게 일상사를 정리 기록하고 있다니 생각할수록 놀라운 일이다.

대체로 우리 선조들은 문文을 숭상했던 탓으로 많은 글을 남겼다. 그 가운데는 일기 또는 일기체로 쓴 글도 많다. 유명한 것으로는 임진왜란을 기록한 이순신 장군의 「난중일기亂中日記」, 중국 기행을 쓴 연암의 「열하일기熱河日記」, 일상사를 자세히 써 놓은 조선조의 선비 유희춘이 쓴 「미암일기眉巖日記」, 이문건이 쓴 「묵재일기默齋日記」가 있다. 또 영남 선비 김령이 쓴 「계암일록」이라는 것이 있는데, 인조반정 병자호란 등 굵직한 사건들이 기록되어 있어 한국학진흥원이 최근 이를 번역 출판한 일도 있다. 신동호의 일기는 바로 이러한 선비들의 전통을 이어가는 기록물이라 할 만하다.

그래서 몇 출판사가 그 일기를 책으로 출판해 보자고 여러 번 제의했으나 그는 거절했다. 신동호는 글재주도 빼어난 사람이다. 고교생 때 벌써 잡지에 그의 수필이 실릴 만큼 글쟁이의 재능을 타고난 사람이다. 자기 일기를 정리해 글을 쓰면 멋진 책이 될 것이 틀림없다. 그런데도 그는 출판을 거부했다. "일기라는 것은 남에게 읽히기 위해 쓰는 것이 아니다."라는 이유였다. 일기는 남에게 보이기 위해 쓰는 것은 아니지만 당시의 세태를 알기 위한 귀중한 자료로 출판되는 경우가 더러 있다.

대한제국 말기부터 8 · 15 해방까지를 기록한 「윤치호 일기」가 있다. 개화운동 지도자에서 친일파 거두가 된 기구한 운명을 살았던 윤치호가 꼼꼼하게 기록한 일기이다. 1883년부터 1943년까지 60년 동안 계속 쓴 일기인데, 그가 우리나라 최초의 미국 유학생으로 영어에 능통했던 탓인지 일기 대부분을 영어로 썼다. 그가 죽은 후 그 일기는 사료史料 가치가 인정되어 국사편찬위원회에서 책으로 출판했다.

일본에는 「하라 다카시 닛키(原敬日記)」라는 것이 있다. 1919년 3 · 1 운동 당시 일본의 내각총리대신이었던 그는 신문기자 출신이어서 그랬는지 그때 있었던 일들을 자세히 일기에 썼다. 그리고 자손들에게 "내 일기는 내가 죽은 후 100년이 지나거든 세상에 내놓으라."고 일렀다. 그는 1921년 암살되었는데 1945년 일본이 패전한 탓으로 100년이 되기 전에 10권으로 된 방대한 분량의 책으로 출판되었다.

유럽에는 「안네 프랑크의 일기」가 있다. 세계 독서계를 석권한 적이 있는 이 책은 2차 대전 때, 나치스 수용소에 끌려가 죽은 유태인 소녀가 가족과 다락방에 숨어 살던 때의 일기가 그 내용이다. 나는 몇 해 전 유럽을 여행했을 때 네덜란드 암스테르담에 들러 그녀가 붙잡히기 전 숨어 살면서 일기를 썼던 그 다락방을 구경한 일이 있다.

최근의 일이지만 지금 우리나라 서점에는 몇 종류의 일기가 출판되어 눈길을 끌고 있다. 하나는 경향신문 사회부장을 지낸 강한필이 쓴 『사랑』이란 책이다. 이 책에는 '아내 간병 기록 2,042일'이라는 서브타이틀이 붙어 있다. 5년 7개월 동안 암 투병을 하는 아내를 돌본 간병 일기가 그 내용이다. 필자는 내가 경향신문 기자로 있을 때 함께 일했던 후배여서 잘 안다. 그의 일기책을 보면 아내가 어떻게 병과 싸웠는지 자세히 적혀있다. 남편으로서의 아내에 대한 사랑, 간병인으로서의 눈물겨운 고투가 손에 잡힐 듯 보인다. 가장 슬프고 아름다웠던 부부의 긴 이별기록이다.

또 다른 출판물은 만화가이며 시사만평가인 박재동이 쓴

『아버지의 일기장』이라는 책이다. 그의 아버지는 만화 가게 주인이었다. 그 아버지가 써 놓은 오래된 일기장을 정리해 출판한 책인데 소박한 서민의 삶을 보여 주는 풍속화 같은 내용이다. 『이오덕 일기』라는 책도 나왔다. 다섯 권으로 된 이 두툼한 책은 초등학교 교사가 42년 동안 쓴 일기를 정리해 출판한 것인데 "이 일기는 아이들을 가르치는 일과 글쓰기로 평생의 삶을 더듬어 온 한 사람의 기록"이라는 설명이 책 첫장에 쓰여 있다.

일기라는 것은 남에게 보이기 위해 쓰는 것은 아니지만 이와 같이 남에게 보임으로써 그 가치를 발휘할 때도 있다.

신동호의 또 한 가지 놀라운 점은 그가 평생 동안 남에게서 받은 편지를 몽땅 보관하고 있다는 사실이다. 그가 남과 주고받은 편지가 적지 않을 텐데 엽서 한 장에 이르기까지 자기가 받은 편지를 다 가지고 있다니 참으로 경탄할 일이다. 옛 선비들은 서로 주고받은 편지를 잘 보관했다가 문집文集을 만들 때 거기 넣는 경우는 더러 있었어도 현재를 사는 사람 치고 이런 습관을 가진 사람은 본 일이 없다.

최근 그는 큰 트렁크에 보관해 놓은 옛날 편지들을 분류해

내 마음의 작은 동네

보내온 사람에게 돌려주는 것이 좋다고 판단되면 그것을 몇 개씩 돌려주기 시작했다. 편지를 돌려받은 사람들은 까맣게 잊고 있던 옛날 일들이 생각나 한참 동안 추억에 젖는 일이 많다고 한다. 그는 이런 점에서 메마른 세상에 산들바람을 불어넣는 바람개비 노릇까지 하는 존재가 되었다.

또 한 사람, 나의 친한 벗 중에는 한 가지 테마에 대해 10년 동안 계속해 글을 쓴 초인적인 글쟁이가 있다. 이것 또한 초지일관의 표본이다. 조선일보에서 발행하는 월간 잡지(『月刊朝鮮』)를 본 사람은 다 알겠지만, 그 잡지에 「이승만과 김구」라는 비교평전比較評傳이 10년에 걸쳐 연재되었다. 그 글을 쓴 사람이 바로 손세일孫世一 씨이다. 대학 동기동창인 그는 나와 자취 생활을 함께 한 적도 있는 특별한 벗이다.

그가 쓴 글이 잡지에 처음 실린 것이 2001년 8월호였고, 111회로 마지막 연재가 끝난 것이 2013년 7월호였다. 정확히 12년 동안 글을 계속해 썼다는 얘기다. 10년이면 강산도 변한다고 했다. 장구한 세월이었다. 우리나라 언론사상 처음 생긴 연재 기록이다.

일본에 『슈칸 신죠週刊新潮』라는 주간 잡지가 있다. 야마모토 나츠히코(山本夏彦)라는 작가가 거기에 1979년부터 2002년까지 23년 동안 1,151편의 칼럼을 썼다. 대단하다고 자랑한다. 그럴 만도 하다. 그러나 이 칼럼은 간단한 포토 에세이(Photo Essay)였다. 매번 테마도 달랐을 뿐 아니라 글의 분량도 1회분이 200자 원고용지로 6매 정도, 총 1,200자에 불과했다. 이에 비해 손세일이 연재한 글은 매번 같은 테마인데다 1회당 분량이 200자 원고지로 200매, 총 40,000자에 이르는 방대한 것이었다. 비교가 되지 않는 양量과 질質의 차이라 할 수 있다.

이승만과 김구는 오늘의 한국을 만든 대표적인 두 지도자였다. 국가적 정체성은 직접적으로든 간접적으로든 정치 지도자에 의해 영향을 받는다. 근대적 국민국가의 정치체제가 제도로서 확립되어 있지 않은 사회일수록 정치 지도자의 리더십이 그 사회의 변화 방향을 결정할 만큼 큰 힘을 발휘하게 된다.

손세일이 이승만과 김구를 탐구하겠다고 나선 이유가 바로 이런 데 있었다. 구름 위에 높이 솟은 봉우리 하나도 제대로 오르기 힘든데 그는 이승만과 김구, 두 봉우리를 동시에 오르겠다고 나섰다. 무모한 등산이라고 모두 말렸다. 나도 등산을 하려면 봉우리 하나를 목표로 해야지 두 개를 다 오르겠다는 것은 과욕이라고 말렸다. 하지만 그는 혼신의 힘을 다해 두 봉우리를 올랐다.

글을 쓰는 데는 여러 형태가 있다. 가령 머리로 구상해 쓰는 글, 다시 말하면 소설이나 희곡 같은 것은 자유롭게 작가 마음대로 쓸 수 있는 글이다. 그러나 손세일이 쓴 글은 픽션이 아니라 팩트(Fact)를 정확히 써야 하는 글이어서 사실을 발굴하고 확인하는 데 많은 시간을 보내야 했다. 그의 글을 읽어 보면 어떤 때는 각주脚註가 글 한 편에 70여 개나 붙어 있다. 학술 논문을 뺨치는 고증이다. 옛날의 신문기사, 관계자의 회고록, 정부의 기록문서, 학자들의 연구논문, 국회의 의원발언록 등 많은 자료를 대조해 가면서 사실을 확인하는 작업은 글을 쓰는 것보다 몇 배나 힘들었다고 한다.

'이승만'과 '김구'라는 위대한 민족의 지도자를 비교하면서 그 평전을 쓰다 보면 대개 자료의 포로가 되어 글이 그만 무미건조한 연대기이거나 논문이 되고 만다. 그러나 손세일의 글은 그렇지 않다. 딱딱한 자료들을 이리 저리 다듬고 손질하여 부드럽게 만들 뿐만 아니라 문학적인 조미료를 넣어 재미나게 읽을거리로 버무려 낸다. 저널리스트의 자질을 타고 났다고 볼 수밖에 없는 글쟁이다.

동숭동에 있는 서울문리대 캠퍼스에서 내가 그를 처음 만난 것은 6·25 전쟁의 포성이 멎은 다음해였다. 어언 60년 전의 일이다. 서울에는 포탄에 부서진 빌딩의 잔해가 곳곳에 보이는 그런 때였다. 모두가 가난하게 살았다. 대학이라는 곳도 학생들은 스스로 벌어 공부해야 하는 처지에 있는 사람이 많았고 교수들은 여러 대학에 출강하는 행상인처럼 되어 휴강이 잦았다.

그와 나는 문학 취향이 같아 금방 친해졌다. 우리는 전쟁 속에서 고교 시절을 보냈던 세대이다. 교실이 불타 버려 노천 천막에서 공부한 일도 있고, 1·4 후퇴 때에는 눈속을 피란 다니느라 몇 달 동안 학교를 갈 수 없던 때도 있었다. 이런 속에서도 나는 열심히 책을 읽었다. 주로 문학작품이었다. 시詩를 100수首나 외워 본 일도 있다. 그런데 손세일이 바로 나와 비슷한 부류의 문학청년이었다. 나와 그는 정치학과에 다니면서도 문과학생들이 듣는 T.S. 엘리엇의 시강詩講 같은 강의를 즐겼다.

당시 『신태양新太陽』이라는 대중잡지가 있었다. 손세일은 그 잡지의 기자로 아르바이트를 하면서 학교를 다녔다. 남대문에서 시청 쪽으로 가는 큰길 오른쪽에 위치한 잡지사에 그를 찾아 나는 여러 번 놀러갔다. 잡지 편집장은 「조선총독부」라는 소설을 쓴 작가 유주현柳周鉉 씨였다. 손세일은 이렇게 대학 1학년 때부터 잡지 저널리스트였다. 그가 대학을 졸업하고 『사상계思想界』라는 유명한 잡지의 편집장이 되고, 뒤이어 동아일보로 옮겨 월간잡지 『신동아新東亞』의 편집장이 된 것을 보면 잡지 저널리스트는 그가 타고난 천직이었던 것 같다. 그리고 70대의 노년기를 잡지 연재물을 쓰는 데 바쳤으니 유종의 미를 거두고 있는 행운아라 할 수 있다.

그는 한때 언론계를 떠나 정계로 진출해 국회의원이 되었다. 정치부 기자를 오래했던 나로서는 좀 의아스러웠다. 국회의원이나 정당인이 되려면 돈줄이 있어야 하고, 또 얼렁뚱땅 하는 건달기가 약간은 있어야 하는데 매사를 꼼꼼히 따지고 정확을 기하려는 그는 정치풍토에 잘 맞지 않을 것같이 생각되었기 때문이다.

아무튼 국회의원을 그만두고 정치에서 물러난 그는 이승만과 김구를 집필하는 데 정계 경험이 많은 도움을 주었다고 했다. 정계에서 벌어지는 권력투쟁의 실상, 정치 전략과 반대파에 대한 대응 전술, 음모, 술수 등의 실체를 직접 보지 않았다면 이승만과 김구에 대한 상像을 제대로 그리지 못했을지도 모른다는 것이 그의 변이다. 수긍할 만한 말이다.

손세일이 쓴 이승만과 김구를 중심으로 한 우리나라 건국 역사에 대해 정치학계에서는 한국 헌정사 연구의 선구적 성과라는 평을 했고, 정치 전기학傳記學의 시발이라는 코멘트도 나왔다. 길고 긴 연재물의 집필을 마치고 나서 그는 다음과 같은 소회를 털어 놓았다.

"이승만과 김구는 나로서는 퍽 힘든 라이프 워크였다. 그러한 나에게 힘이 되어 준 것은 미네르바의 부엉이처럼 황혼에 나타나는 나 자신이 그리는 이승만과 김구의 긴 그림자였다."

후진가외後進可畏라는 말이 있다. 연세대학교 교수를 지낸 송복宋復 박사가 나한테는 바로 그런 사람이다. 대학의 후배이기는 하지만 많은 면에서 내 선생님이다. 얼마 전 그는 희수기념으로 부인과 공동으로 '맹자孟子글귀전'이라는 서예전을 열었다. 세종문화회관 갤러리에서 있은 이 전시회에는 「맹자」 3만6천언言 중에서 마음에 드는 글귀 130여 점을 써서 전시했다. 그는 회갑이 되던 해 프레스센터에서 '공자孔子글귀전'을 연 일이 있어 이번이 두 번째 서예전이었다. 정치학자로서 공자와 맹자에 도전하는 그 또한 초지일관의 고집쟁이라 할 수 있다. 나는 이 전시회를 보면서 새삼 우리나라의 선비상像을 보는 느낌이었다.

학자로서의 송복은 그 학문세계가 퍽 넓은 사람이다. 전공은 정치사회학이지만 한학漢學에 밝고 유교에 통달해 있다. 50년 가까이 붓글씨를 써 왔다고는 하지만 저 많은 글귀를 붓으로 쓰려면 얼마나 힘든 노력을 했을까. 이 사람이야 말로 진짜 선비구나 하는 생각이 나서 나는 머리가 숙여졌다.

송복은 글씨뿐만 아니라 글도 잘 쓰는 사람이다. 대학 다닐 때부터 그랬다. 정치와 문학을 한데 어우르게 해 보자는 뜻으로 정치학과 학생 몇몇이 정문회政文會라는 동아리를 만든 일이 있다. 나와 송복은 이 서클의 같은 멤버였다. 그래서 나는 그의 빼어난 글 솜씨를 잘 안다.

내가 특히 그를 평가하는 이유는 그가 상아탑에만 안주하는 그런 서생적 학자가 아니라 현실 문제를 제대로 볼 줄 아는 이론가이기 때문이다. 그래서 한때는 시사평론가로서 멋진 칼럼을 써서 매스컴의 스타가 된 적도 있다. 이번 '맹자전'을 열면서도 왜 하필 맹자인지 그 뜻을 다음과 같이 명쾌하게 밝혔다.

"맹자를 읽으면 내일의 중국이 보인다. 오늘의 북한도 그 모습 그대로 나타난다. 한 치의 차이도 없다. 그렇게 리얼하도록 쓰여 있다. 어떤 중국이 될 것인가. 어떤 북한인가. 그리고 어떻게 될 것인가. 2천3백 년 전의 「맹자」에 담긴 글귀가 바로 그것이다."

송복이 맹자를 통해 알리고자 한 세상 이치에 대해 한 가지만 여기 적시해 보겠다. 맹자가 살았던 당시의 중국은 나라가 분열된 상태였다. 그래서 "나눠진 나라들이 장차 어떻게 되겠는가?"라는 왕의 물음에 맹자는 주저 없이 "한 나라로 통일된다."고 답한다. "그러면 어느 나라가 통일할 수 있겠는가?" 하고 왕이 다시 묻자 "불기살인자능일지不嗜殺人者能一之, 사람 죽이기를 좋아하지 않는 사람에게로 나라가 통일된다."고 맹자는 단언한다. 그래서 송복은 이 글귀를 크게 써서 내걸었는데 해설서에 북한의 지금 모습과 미래가 너무 역력하다고 적었다. 오래전에 『논어論語의 세계』라는 책을 출판해 공자사상을 해석한 송복은 이번 글귀전을 하면서 유교국가론에 대해 다음과 같이 날카롭게 비판했다.

"중국과 조선은 유교국가로 통칭된다. 정말 유교국가였는가. 공맹孔孟이 말하는 유교국가에 접근이나 했는가. 중국과 조선은 유교적 이상理想은 있었지만 유교적 현실은 없었다. 풍부한 경전經典의 유교적 가르침은 있었어도 유교적 실천이 없었다. 유교적 의례儀禮는 엄격하고 다양했지만 실제에서는 모두 허례허식이었다. 중국 역사에서 보는 유교적 현실은 철저히 폭군적이며 폭압적이었다. 맹자에는 군주들이 '짐승을 몰아 사람을 잡아먹게 한다(率獸而食人).'라는 구절이 수없이 나온다."

송복이 학자로서 기여한 업적 하나는 꼭 알리고 싶다. 그는 2007년도에 『위대한 만남』이란 책을 냈다. 임진왜란 때의 명재상 류성용柳成龍을 연구한 내용이다. 그는 이 책을 통해 율곡^{栗谷}의 십만양병론이 후세에 근거 없이 날조된 허위 사실이었다는 것과, 선조^{宣祖}라는 임금이 얼마나 형편없는 국왕이었는가를 밝혔다. 또 우리나라를 돕는다는 명분으로 조선에 진주했던 명^明나라 군인의 행패가 왜군보다 못하지 않았다는 것과, 역사적 진실을 알려면 사서^{史書} 기록에만 의존할 것이 아니라 그 당시의 국력(인구, 농업생산량, 직업구조 등)을 종합적으로 분석해 보아야 한다는 것을 입증했다. 그리고 정치적 리더십의 본질을 추구했다. 우리나라 정치사가 어떻게 쓰여져야 하는가를 알려주는 새로운 모델이라 할 만한 업적이다.

북한산 기슭에 살고 있는 송복은 지금도 좋은 시^詩를 많이 외우고 있다. 흥이 나면 때때로 시를 소리 내 읊는다. 그는 북한산 달빛이 유난해서 아직은 가슴이 뛰는 감동이 있다고 한다. 나는 그래서 그에게서 늘 우리나라 선비상을 본다.

언론인의 저서

희수喜壽 때 나는 평생토록 몸 담았던 언론계 생활을 정리해 본 회고록을 출판한 일이 있다. 그때 친구 한 사람이 책 내용을 칭찬해 주는 서평을 『관훈통신』에 썼는데 그 말미에 "샘솟듯 하는 활력을 바탕으로 곧 닥칠 미수米壽 때에는 소설가로 변신해 재미나는 이야기책을 남겨 주기 바란다."는 부탁을 덧붙였다.

88세가 미수이므로 아직 시간이 남아 있으나 지금 형편으로 보아 나의 소설가 변신은 어려울 것 같다. 평생 동안 사실(Fact)만 가지고 글을 써온 탓인지 가공적 이야기(Fiction)를 만들어 쓴다는 것은 자질도 부족하거니와 엄두가 나지 않는다. 흔히 부정확한 기사나 허황한 소문만 가지고 쓴 기사에 대해 "기사가 아니라 소설을 썼다."고 타박한다. 내가 여기서 말하는 소설은 엉터리 기사를 일컫는 그런 소설이 아니라 제대로 된 문학작품으로서의 소설을 의미한다.

언론인 가운데는 소설을 쓰는 사람이 더러 있다. 중앙일보 편집국장, 주필을 지낸 김동익金東益 씨가 그렇다. 그는 언론계를 퇴역하자 곧 소설을 쓰기 시작했는데, 얼마 전『서른 살 공화국』이라는 작품을 내놓았다. 이것은 북한의 김정은 체제 내부를 파헤친 작품으로 그의 네 번째 소설이다. 김정은 왕조의 개혁을 꾀하려던 장성택이 군부 강경좌에 밀려 실각하는 것이 소설의 줄거리였다. 그런데 이 작품이 나온 지 6개월 만에 북한에서는 장성택이 처형되는 큰 파동이 일어났다. 그래서 김동익의 소설은 사태를 예언한 격이 되어 새삼 화재가 되었다.
　김동익은 나와 초등학교를 같이 다닌 어릴 적부터의 벗이어서 그의 뛰어난 재능을 잘 안다. 그가 지금까지 쓴 소설은 모두 정치소설이다. 형식은 소설이지만 내용 대부분이 실제 있었던 상황과 사건들이다. 사건을 취재하듯 관계자를 만나고 현장을 확인하고 작품을 썼기 때문에 모든 것이 리얼하게 박진감을 준다. 그는 소설을 쓰기 위해 북한 자료를 접하면서 몇 번이나 놀랐다고 한다. "우리는 북한 실정을 너무 모르고 지내는 것이 아닌가 하는 생각을 절실하게 했다. 북한은 민주주의도 공화국도 아닌 왕정王政 군사체제로 보이지만 조폭처럼 움직여 체제라는 말이 어울리지 않는다."는 것이 작품을 쓰고 난 그의 소감이었다. 아무튼 그는 기자 출신답게 픽션(Fiction)에 팩트(Fact)를 가미한 것이 아니라, 팩트에 픽션을 가미한 작품을 쓰고 있다.

최근 미국 워싱턴포스트의 기자였던 블레인 하든이 『14호 수용소 탈출(Escape from Camp 14)』이라는 책을 냈다. 1982년에 북한의 14호 수용소에서 태어나 24세 때 탈북한 신동혁이란 청년을 오랫동안 인터뷰한 것을 중심으로 다각적인 취재를 해 쓴 북한의 실상을 폭로한 책이다. 외국 기자가 이런 책을 쓰는데 당사자인 한국 기자들은 무엇을 하는가. 김동익의 책은 이런 질책의 방패막이로도 유용하게 쓰일 만한 소설이다.

근래 기자 경력을 가진 언론인으로 소설을 쓴 사람이 또 있다. 편집국장 출신의 대기자로 아직 현역에 있는 중앙일보의 김영희金永熙 씨가 『소설 하멜』을 썼다. 또 구종서具宗書 씨는 삼별초의 항몽전抗蒙戰을 주제로 긴 소설을 썼다. 두 사람 모두 역사소설을 통해 고려와 조선조 중기의 우리나라 모습을 기자 안목에서 각기 조망해 본 좋은 작품이다.

특히 1653년, 일본 나가사키로 항해하던 배가 난파돼 제주도에 표착했던 네덜란드의 하멜(Hamel) 일행 얘기는 교훈적이다. 저자 김영희는 『소설 하멜』을 쓰기 위해 8년 동안 한국어 · 일본어 · 영어로 된 관련 서적 70여 권을 읽었고, 제주도 · 나가사키 · 암스테르담의 현지답사를 꼼꼼하게 했다. 그는 하멜 일행이 우리나라에 13년 동안이나 억류되어 있었던 사실을 추적해 소설을 쓰면서 "그때 조선이 세상에 눈을 뜨고 그들을 활용해 미래를 준비했더라면 우리 역사는 다른 길을 걸었을 것"이라고 탄식했다.

또 압도적으로 우세한 몽고군을 상대로 끝까지 항쟁했던 고려 삼별초三別抄 군인들 이야기를 소설로 작품화 한 구종서는 이 작품을 쓰기 위해 몽고와 중국을 네 차례씩이나 현지답사했다. 그뿐 아니라 당시 기록을 원전으로 읽기 위해 1년

간 한문공부에 매달리기도 했다. "삼별초의 분투는 고려 군인 정신의 발로이자 항몽抗蒙 구국운동의 횃불이었다."고 했다.

역사를 꾸준히 연구하면서 그 속에서 좋은 테마를 골라 소설을 쓰고 있는 언론인으로는 황원갑黃源甲 씨를 또 꼽을 수 있다. 그는 서울경제의 문화부장 출신인데 대한언론인회보에 역사 에세이를 오랫동안 연재하고 있다.

김동익, 김영희, 구종서, 황원갑 씨처럼 사실을 널리 취재해 그것을 소설형식으로 쓰는 작가가 일본에 많다. 시바 료타로(司馬遼太郎), 마츠모토 세이쵸(松本淸張), 야마자키 토요코(山崎豊子) 등이 대표적이다. 국민 작가로 추앙된 이들은 지금은 모두 고인이 되었지만 전부 기자 출신이다.

시바 료타로는 러일전쟁 전모를 『언덕 위의 구름』이란 소설로 작품화 했고, 마츠모토 세이쵸는 『소화사발굴昭和史發掘』이란 연작물로 많은 사건의 진상을 밝혀냈다. 최근에 작고한 여류작가 야마자키 토요코는 패전한 일본인들이 중국에서 철수할 때 잃어 버린 아이들, 이국땅에 버려진 일본인 전쟁고아들의 실상을 『대지大地의 아이들』이란 소설로 써서 많은 사람을 울린 작가였다. 『불모지대不毛地帶』의 저자로 우리나라에 많이 알려진 사람이다. 한국의 기자 출신 작가들도 내친 김에 작품의 폭과 질을 높여 이런 수준의 작가가 되었으면 한다.

원래 우리나라 언론계는 족보를 따지면 소설가 시인 평론가 등 문인이 신문기자를 겸해 왔다. 외국어대학 명예교수 정진석 씨가 쓴 『인물 한국언론사』라는 책이 있다. 한국 언론을 움직인 사람들이 도대체 어떤 부류의 인물들이었는가를 구체적으로 추적 조사한 노작이다. 여기에 의하면 "한국의 언론사와 문학사는 같은 뿌리에서 출발했다. 이 땅에 처음으로 신소설이 발표되던 시기의 작가들은 기자였다. 그들은 기자이면서 소설가였다."는 것이다.

사실이 그러했다. 유명한 문인들, 예컨대 춘원 이광수를 비롯해 이은상 심훈 염상섭 채만식 김팔봉 변영로 김안서 정지용 김기림 노천명 장덕조 최상덕 안수길 김동리 등등 모두가 신문사에서 기자 또는 학예(문화)부장, 편집국장 등을 지낸 사람들이다.

글을 잘 쓰는 글쟁이들이어서 그런지 이런 현상은 서양에도 있다. 『노인과 바다』『종은 누구를 위하여 울리나』라는 작품을 쓴 노벨문학상 수상자인 헤밍웨이도 기자 출신이었다.

기자는 취재를 통해 알게 된 여러 사실, 접촉했던 인물들에 얽힌 비화 등 축적된 지식을 썩혀서는 안 된다. 기록으로 남겨야 한다.

내가 언론계에 입문했던 1950년대만 하더라도 우리 언론계는 아주 초라했다. 지면이 적어 글을 쓸 공간도 넉넉지 않은데다 언론인의 수준 또한 그다지 높지 않았다. 신문 사설을 쓸 만한 사람이 부족해 대부분 대학교수들이 비상임 논설위원 자격으로 글을 쓰는 형편이었다. 지금과 비교하면 호랑이 담배 피던 때였다. 그 후 각 언론사는 해마다 대학을 졸업하는 신진 엘리트를 견습기자로 뽑아 인재를 기르기 시작했다. 그래서 지금은 나라를 움직이는 최고 지식 집단의 하나가 되었다. 금석지감을 갖게 하는 우리나라 발전상이다.

요즈음 신문을 보면 사설 칼럼은 말할 것도 없고 해외에서 보내는 특파원 리포트와 제기된 문제를 분석하는 해설 기사 등 기자들이 쓰는 글은 그 내용이나 수준이 어디 내놓아도 빠지지 않는다. 또 방일영문화재단, 관훈클럽의 신영연구기금 등에서 언론인들에게 저술 활동 지원금을 대 주는 제도가 생겨 언론인들의 저작 활동이 활발해졌다. 따라서 많은 책이 출판되고 있다. 대단히 바람직스러운 현상일 뿐 아니라 언론인들이 낸 저작물 가운데는 귀중한 자료 가치가 있는 좋은 내용이 많다.

언론인들이 쓴 저작물 가운데는 그래서 널리 읽혔으면 하는 책들이 꽤 있다. 그것을 전부 거론할 수는 없지만 몇 가지만은 꼭 들먹이고 싶은 것이 있다. 우선 조용중趙庸中 씨가 쓴 책에 『미군정하의 한국정치 현장』과 『대통령의 무혈혁명』이란 것이 있다. 하나는 1945년 8·15 해방부터 1948년 대한민국 수립 때까지 미군 점령 하에서 벌어졌던 정치상황의 현장 기록이고, 다른 하나는 6·25 전쟁 중이던 1952년 여름, 임시 수도 부산에서 일어났던 정치파동 전모를 자세히 추적, 분석한 내용이다.

조선일보 동아일보의 정치부장과, 서울신문 경향신문의 편집국장을 역임한 그는 이승만 대통령이 통치했던 제1공화국 때의 정치현장을 1선에서 취재했던 기자였다. 그가 쓴 위의 두 저서는 대한민국 초창기 정치사의 귀중한 사초史草라 할 수 있다. 역사학자이자 언론인이었던 천관우千寬宇 씨는 기자는 현대판 사관史官이란 말을 자주 했는데, 이런 점에서 조용중 씨는 사관 노릇을 훌륭히 수행한 기자라 할 만하다.

역사적 사건 현장을 생생하게 기록한 또 다른 책이 있다. 동아일보 정치부 기자 출신인 김준하金準河 씨가 쓴 『대통령과 장군』이란 저서가 그것이다. 그는 제1공화국 때 자유당의 3·15 부정선거 음모를 특종기사로 보도했던 민완 기자였다. 4·19 후 출범한 제2공화국 때에는 청와대 대변인으로 변신, 윤보선 대통령을 보좌하고 있었다. 그때 5·16 군사 쿠데타가 일어났다.

"5·16 아침 혁명 주체들이 다녀간 후 11시를 전후해 주한미국 대리대사 마샬그린과 매그루더 유엔군 사령관이 청와대에 도착했다. 쿠데타의 분수령을 맞이하게 된 것이다."

당시 청와대에서 벌어진 긴박했던 상황을 김준하 씨는 책에서 이와 같이 표현했다. 먼저 입을 연 매그루더 장군은 반란군의 병력이 3천6백 명 정도이므로 1군에서 그 10배인 4만 명을 동원해 반란군을 진압하게 하라는 요청을 했다는 것이다. 이에 대해 윤보선 대통령은 미군을 동원할 권한이 매그루더 장군에게 있으니 반란군 진압이 미국의 정책이라면 그쪽에서 하라고 역제의를 했다는 것이다. 결국 미국 측의 한국군 동원 요청은 윤 대통령이 거부했고 미군을 동원해 반란군을 진압해 달라는 윤 대통령의 요청은 미국이 거부해 5 · 16 군사 쿠데타가 성공하게 되었다는 것이다. 기자는 이와 같은 생생한 기록을 남겨야 한다.

헌법에 관해 쓴 책도 있다. 국가의 기본 틀이 되는 우리나라 헌법은 그 동안 아홉 번이나 뜯어 고쳐졌다. 대부분이 당시 집권자에 의해 변칙적으로 이루어졌다. 그래서 우리 헌법을 누더기헌법이라 혹평하는 사람도 있다. 경향신문 기자 출신인 김진배金珍培 씨가 여기에 메스를 가했다. 『두 얼굴의 헌법』이란 타이틀로 된 책이다. 헌법이 만들어지고 고쳐질 때마다 소용돌이쳤던 정치상황을 비화를 섞어가며 생생하게 재현시켰다. 법에 관한 얘기는 대개 딱딱하고 무미건조한 것이 통례인데, 이 책은 다르다. 대한민국이란 국호는 어떻게 만들어졌는가. 태극기가 어떻게 국기가 되었는가. 4사5입 개헌의 아이디어는 누가 낸 것인가. 이런 많은 얘기들이 소설처럼 재미나게 쓰여 있다.

언론인이 쓴 책 가운데는 학자들이 쓴 책을 무색하게 만들 만한 아카데믹한 것도 있다. 동아일보 기자 출신으로 문화일보 사장을 지낸 남시욱南時旭 씨가 쓴 『한국 보수세력 연구』『한국 진보세력 연구』가 바로 그런 저작물이다. 이 두 권의 책은 오늘의 우리 사회를 시끄럽게 하고 있는 두 갈래 세력을 역사적 유래에서부터 혼탁하게 이루어진 숱한 이합집산 과정까지, 또 그들이 추구하는 이념의 실체가 무엇인가를 잘 정리 분석한 역작이다.

또 한국일보 출신의 이덕주李德柱 씨는 『조선은 왜 일본의 식민지가 되었는가』『식민지 조선은 어떻게 해방 되었는가』라는 두 권의 책을 썼는데 어두웠던 우리 역사가 잘 그려져 있다. 일본을 미워하고 그들을 비판만 하는 천박한 사고방식으로는 정확한 실체를 볼 수 없다는 경고가 실려 있는 책이다.

또 동아일보 주필을 지낸 이채주李埰柱 씨는 『해서海瑞를 찾아서』라는 색다른 저서를 냈다. 1960년대 후반 중국을 휩쓴 문화대혁명을 다룬 내용이다. '해서'라는 인물은 중국 명明나라 때의 대표적인 청렴결백한 관료였다. 그에 관한 글이 빌미

가 되어 10년 동안 중국을 폭풍 속으로 몰아넣었는데 이채주
는 이 역사적 사건을 쓰기 위해 해서의 출생지인 해남도를 비
롯, 문화혁명에 휩쓸렸던 많은 곳을 찾아다니며 현지 취재를
했다. 참고 문헌도 많이 뒤졌다. 그래서 내놓은 책이 5백 페이
지가 넘는 방대한 분량의 이 문화혁명 연구서다.

　한국 언론계는 60년대를 시발로 세계 여러 나라에 상주 특
파원을 보내기 시작했다. 일본과 미국이 우선이었으나 점차
그 범위가 넓어져 파리 · 런던 · 모스크바 베이징으로 확대되
었다. 따라서 이런 외국에 오래 상주했던 특파원들이 쓴 책
이 또 많이 출판되었다. 대표적인 것을 꼽자면 정종식鄭宗植
씨가 쓴 『파리 특파원의 소묘첩』을 들 수 있다. 그는 한국일
보 특파원으로 7년 반, 경향신문 특파원으로 6년 반, 도합 14
년을 파리 특파원으로 있었다. 우리 언론사상 처음 있는 최
장 기록이다.

　그의 책에는 많은 얘기가 쓰여 있다. 파리에서 열렸던 미
국과 베트남과의 평화회담 전말을 비롯해 EU의 탄생 과정 등
유럽 정치의 실상이 잘 설명되어 있다. 정명훈, 백건우의 음
악 이야기와 동백림사건으로 주목 받은 친북 음악인 윤이상

스토리도 있다. 또 드골 대통령의 풍모, 세계적 석학 토인비와의 회견기를 포함해 유럽 전역을 오가며 취재했던 많은 사건들이 기록되어 있다.

또 일본 특파원을 오래했던 조선일보 출신의 이도형李度珩 씨도 일본에 관한 책을 썼다. 흔히 우리는 일본을 잘 아는 것처럼 생각하고 있으나 사실은 일본을 정확히 아는 사람은 그다지 많지 않다. 일본의 저력이 어떤 것인지 우리가 무엇을 잘못 알고 있는지 이도형의 일본 리포트는 이런 점에서 아주 좋은 교본이 된다. 한일관계가 꼬일수록 일본을 더 정확히 알아야 한다.

문화 부문에 있어서는 원로 중의 원로라 할 수 있는 호현찬扈賢贊 씨가 『한국영화 100년』이라는 책을 썼다. 영화 탄생에서부터 일제식민지 시절을 거쳐 해방, 전쟁, 혁명을 겪으며 우리나라 영화가 어떻게 발전해 왔고 유명한 작품은 어떤 것이 있었는지 잘 정리해 설명한 책이다. 서울신문과 동아일보의 문화부 기자로 있었을 때 영화관계 보도에 발군의 실력을 보였던 탓인지 이 책은 일본에서 번역(『わがシネマの旅』)되어 널리 읽혔다. 호현찬 씨는 언론계를 퇴직한 후 영화 제작을 직접 해 보기도 했다.

사람은 혼자 살 수 없는 동물이다. 그래서 '사회적 동물'이란 말이 생겼다. 서로 얽혀 살다 보면 시빗거리가 자꾸 생긴다. 그것을 최종적으로 해결하는 방법이 법이다. 이런 탓에 법조계法曹界라는 곳이 언론의 주요 취재 대상이 된다. 검사 판사 변호사 간에 벌어지는 사건 수사, 재판, 인권관계가 중심인데 여기에는 많은 얘깃거리가 생긴다. 이런 법조계 스토리를 엮어낸 책이 있다. 줄곧 법조계만 오래 담당했던 원로 기자 이종전李鍾全 씨가 쓴『법이 바로 서야 세상이 바로 선다』라는 책이다.

여기에는 대쪽같이 곧았던 판사들 얘기, 수사기관의 모진 고문으로 허위 자백을 하게 된 피의자들을 무혐의 처분하고 사표를 썼던 검사들 얘기, 권력과의 갈등 때문에 생긴 사법파동 얘기, 조봉암 사형사건, 경향신문 폐간사건, 법과 인륜이 상충해 눈물 흘리게 한 애화哀話 등 우리 주변의 사람 사는 얘기가 담겨 있다.

언론인은 많은 사람을 만나야 하는 직업이다. 숨어 있는 사람, 큰일을 하면서도 잘 알려지지 않은 사람, 정체를 확실히

내 마음의 작은 동네

알 수 없는 유명한 사람, 일세를 풍미했지만 지금은 흘러간 사람…. 이런 사람들을 찾아 인터뷰하고 측근 거리에서 다각도로 관찰해 보는 것이 기자라는 직업이다.

조선일보 출신의 조갑제趙甲濟 씨는 이런 기자생활을 했던 빼어난 언론인이다. 그는 『내 무덤에 침을 뱉어라』라는 타이틀로 박정희 대통령 얘기를 썼을 뿐 아니라, 과거 우리나라를 통치했던 조선총독부 고급 관리, 지금은 은퇴해 조용히 묻혀있는 그들을 일일이 찾아내 인터뷰한 『조선총독부 고관들의 그 후』라는 책을 냈다. 그는 이 밖에도 『국가안전기획부』『군부軍部』 등 우리의 현대사를 추적한 인사이드 스토리를 많이 발표했다.

나는 언론계에서 함께 일했던 동료와 선후배의 저술활동을 보면서 더 많은 언론인이 더 많은 기록물을 세상에 내놓아야 한다고 생각한다. 이것은 언론의 자유를 보장해 준 민주제도에 대해 그 혜택을 누린 언론인이 보답해야 할 의무이기도 하다.

호칭呼稱의 언저리

고인이 된 언론계 선배가 겪은 일이다. 6·25 전쟁이 일어나기 전 해였는데, 그는 신문기자가 되려고 시험을 본 일이 있었다고 한다. 면접시험에서 사장이 그에게 질문을 했다.

"안행이 몇이신가?"

"아내가 몇이냐구요? 저는 아직 미혼이고 총각입니다."

"아니 이 사람아, 아내가 아니고 안행이 몇이냐고 물었네."

"네? 몇인지 잘 모르겠습니다."

그 선배는 그렇게 시험을 마치고 '안행'이 무엇인지 얼른 알아보았다. '안행雁行', 기러기가 날아간다는 뜻인데, 남의 형제를 일컫는 경칭敬稱이다. 기러기는 혼자 날지 않고 여럿이 좌우로 열을 지어 함께 날아간다. 그래서 함께 자란 형제를 함께 날아가는 기러기에 비유해 만든 호칭이다. 한자漢字 문화권만이 가질 수 있는 언어의 멋이라 할 수 있다.

형제가 몇 명이냐는 질문에 모른다고 답변했으니 이 얼마나 무식한 놈인가. 그 선배는 생각할수록 얼굴이 붉어지는 이 해프닝이 일생을 두고 좀처럼 잊혀지지 않는다고 했다. 나는 요즈음 고인이 된 선배의 이 에피소드를 떠올릴 때마다 웃을 일이 아니라고 생각한다. 우리가 지금 쓰고 있는 일상용어, 그 가운데서도 특히 사람관계를 일컫는 호칭문제는 심각한 위기를 맞고 있기 때문이다.

아버지 4촌을 뭐라 부르는가? 어느 신문이 보도한 기사를 보면 이 설문에 정확히 답한 사람은 20%가 안 된다고 했다. 아버지 4촌을 당숙堂叔 또는 종숙從叔이라 부를 줄 모르면 할아버지 형제, 할아버지 4촌을 뭐라 부르는지 모를 것이 뻔하다. 친척 가족 간에 부르는 호칭이 엉망이 된 것은 벌써 오래전부터의 일이다. 젊은 아내가 남편을 '오빠' 또는 '자기'라고 부르고, 남편이 아내의 이름을 아무데서나 큰 소리로 부르는 상스러운 풍조는 이제 보편적 현상이 되어 버렸다.

지나간 얘기지만 내가 방송에 종사하고 있을 때 일이다. 부녀자들이 즐겨 보는 TV 연속극을 보면 가족 간의 대화가 어찌나 품위 없고 저속한지 작품을 쓰는 작가와 작품을 연출하는 PD를 함께 불러 회의를 해 본 일이 있다. 가령 가족 간의 호칭에 있어 아들의 경우, 아버지의 형제분들에 대해 큰아버지 또는 작은아버지라는 좋은 호칭이 있다. 그런데 작가는 그런 호칭의 대사를 쓰지 않는다. "작은아버지 오셨어요."라고 하지 않고 "삼촌 오셨어요."로 대사를 쓴다. 3촌이니 6촌이니 하는 것은 관계를 일컫는 촌수이지 호칭이 아니다. 작가가 생각이 못미처 이렇게 썼으면 녹화할 때 연출자가 이런 것을 바로 잡을 수 있는데 그마저도 하지 않는다. 이런 드라마를 매일 보고 듣는 시청자로서는 이것을 본받아 으레 그런 줄 알고 우리말이 서서히 망가져 간다. 나는 이런 현상을 작은데서나마 바로 잡아 보려 애써 보았지만 별 효과를 보지 못했다.

가족 간의 호칭만이 문제가 아니다. 세상을 살아가려면 누구나 많은 사람과 여러 관계가 얽히게 된다. 그러면 자연이 호칭문제가 생긴다. 상대방을 뭐라 불러야 하느냐 하는 것은 누구나 가끔 부딪히는 흔한 문제이다.

우리 사회의 흐름을 보면 한때 '선생'이란 호칭이 유행한 때가 있었다. 무난한 칭호이다. 그러나 산업화가 이루어지면서부터는 선생 대신 '사장' 또는 '회장'이란 칭호가 유행하게 되었다. 간혹 백화점이나 고급 음식점을 가면 종업원들이 나를 보고 부르는 호칭이 대부분 '사장님' 아니면 '회장님'이다. 나만 그렇게 부르는 것이 아니라 모든 손님에게 통용되는 공통 호칭이다.

그런가 하면 상대방의 경력을 알 경우의 호칭은 그 사람의 최고 경력을 그대로 불러 주는 것이 일반적 경향이다. 의원·장관·장군·대사·교수·박사 등이다. 이것은 나무랄 수 없는 호칭이기는 하지만 어딘가 권위적이고 관존민비 사상에 젖은 전근대적 냄새가 난다. 이렇게 보면 사람 간의 호칭문제는 시대상을 알리는 표상적 의미가 있는 것으로 볼 수도 있다.

은행이나 병원에 가면 고객과 환자에 대한 호칭으로 'ㅇㅇ님'이라는 용어를 쓴다. 이것은 잘 선택된 호칭이다. 우리는 한때 'ㅇㅇ씨'라는 호칭을 많이 썼다. 그러나 '씨氏'라는 호칭은 아무한테나 써서는 안 되는 말이다. 상대방을 높이는 의미가 있기는 하지만 대체로 동료나 아랫사람에게 쓰는 말이지 윗사람에게는 쓰기 어려운 호칭이다.

이와 같이 사람 간의 호칭문제는 까다롭다. 그러나 얼토당토않은 호칭이 자꾸 등장해 우리말을 망치는 경우가 있다. 예를 들면 식당의 여자 종업원을 부를 때 '이모'라는 호칭이 난데없이 등장하고 있는가 하면, 나이 지긋한 중년 부인이 딸 나이와 맞먹을만한 젊은 여자를 보고 '언니'라고 부르는 경우 등이다. 이렇게 멋대로 호칭을 써서는 안 된다.

그래서 국어연구원이 이런 문제에 대해 교통정리를 한 것이 있다. 손님이 여성 종업원을 부를 때 '아줌마' '언니' '이모'라는 호칭은 피하고 대신 '아가씨' '아주머니' '여보세요'를 상황에 따라 적절히 사용하라는 것이다. 그러나 이미 호칭이 상당히 굳어진 상황에서 섣불리 '아주머니' 또는 '여보세요'라고 불렀다가는 서비스를 제대로 받을 수 없을 것이라 반론을 펴는 사람도 있다. 우리 생활의 호칭문제는 이제 이 지경에까지 이르고 있다.

호칭문제가 혼란을 겪으면서 엉망이 된 것은 한자 폐지, 한글 전용에도 책임이 있다. 우리의 전통적인 유교문화에 있어

142

서는 사람의 이름을 매우 존중했다. 따지고 보면 이름이라는 것은 이 세상에 하나밖에 없는 고유명사로 아무나 함부로 부르게 할 수 없는 귀중품이다. 그래서 우리 선조들은 이름을 아끼는 뜻에서 본명 이외에 '자字'라는 것을 만들었다. 성인이 된 사람은 대체로 본명 대신 '자'를 많이 썼다.

또 '호號'라는 것을 만들어 이름 대신 아무나 부를 수 있게 했다. 예를 들면 '이퇴계李退溪'의 경우 본명은 '황滉', 자는 '경호景浩', 퇴계는 그의 아호에 해당한다. 당대의 선비 사대부들은 모두 이런 식으로 자 또는 호를 사용해 서로를 호칭했다. 이 풍습은 얼마 전까지도 내려온 우리 언어의 좋은 관습이었다.

1950년대까지만 해도 신문을 보면 당시의 정치 지도자 이름을 호로 표기했다. 가령 조병옥 씨는 '유석維石', 신익희 씨는 '해공海公', 이기붕 씨는 '만송晩松' 등으로 호칭했다. 한자는 표음문자가 아니고 표의문자여서 글자 하나하나에 각기 뜻이 있다. 따라서 이름 대신 부르는 호는 깊은 뜻이 있는 문자이다. 윤보선 전 대통령의 호가 '해위海葦'인데 바다에 있는 갈대라는 뜻이고, 문인 박종화 씨의 호는 '월탄月灘'인데 달빛 아래 흐르는 여울이라는 뜻이다. 얼마나 운치 있고 멋이 있는 문자 사용인가.

우리 풍습에는 가정에 대해서도 누구누구의 집이라는 식의 품위 없는 호칭은 사용하지 않았다. 집 주인의 이름 대신 그 집 주부의 출신지를 호칭으로 사용했다. 이를테면 그 집 안주인이 수원에서 시집 왔으면 그 집을 '수원댁', 원주에서 시집 왔으면 '원주댁'이라 불렀다. 이것을 '택호宅號'라 하는데 지금도 시골에서는 이런 풍습이 남아 사용하고 있으나 얼마나 갈지 의문이다.

한자를 쓰지 않고 한글만 전용하는 세상이 되면서 언어 질서가 흔들리기 시작했다. 이름 대신 쓰던 아호가 없어지면서 이름 표기가 이상하게 변했다. 신문에 YS, DJ, JP라고 하는 영어 이니셜이 등장했다. 영어의 머리글자를 합쳐 쓰는 호칭인데 YS는 김영삼, DJ는 김대중, JP는 김종필 씨를 각기 이르는 호칭이다. 품위도 없고 멋도 없는 한낱 외래 기호에 불과한 호칭이다. 문자생활의 후퇴는 이 밖에도 많다.

잡지 『월간 조선』에 의하면 성균관대학의 이명학 교수가 2년 전 30~80대 부모 427명을 대상으로 자녀의 한자 이름을 쓸 수 있는지 면접조사를 한 일이 있었다고 한다. 그 결과 놀랍게도 47.8%가 제대로 쓰지 못했다고 한다.

"이 같은 충격적인 결과는 1970년 한글 전용 정책 이후 40여 년 동안 한자교육을 하지 않았기 때문이다. 자녀의 이름을 한자로 지었으면 최소한 이름 정도는 한자로 쓸 줄 알아야 하지 않겠는가."

이 교수의 탄식이다. 헌법재판소 재판관을 역임한 김문희 변호사는 이런 사태를 바로 잡아 보려고 "한자를 국자國字에서 배제한 국어기본법은 위헌"이라며 헌법소원을 제기했다. 이 사건은 지금 전원재판부에 회부되어 있다.

많은 사람이 모르고 있는데 '국어기본법'이라는 것이 있다. 2005년에 만들어진 이 법에는 "우리말을 표기하는 문자는 한글뿐이고 한자는 우리말을 표기하는 문자로서의 법적 지위를 원칙적으로 인정해 줄 수 없다."고 되어 있다. "한자는 그저 외국문자와 더불어 필요한 때에 괄호 안에 넣어서 써야 한다."는 내용도 들어 있다. 우리말의 대부분이 한자에서 유래했고, 우리 선조들이 수천 년을 이어오면서 써 왔던 한자가 어째서 외국문자인지 알다가도 모를 일이다. 그래서 김 변호사는 "한

글전용의 어문정책과 교육정책이 우리말의 의미를 전달하는 기본 수단인 한자를 배척 또는 말살해 우리 국민이 한국어를 제대로 이해하고 사용하는 것을 가로막고 있다."는 것이 헌법 소원을 제기한 이유라고 했다.

호칭문제 뿐 아니라 경칭敬稱 문제에 있어서도 우리는 지금 적잖은 혼란을 겪고 있다. 옛날에는 장유유서長幼有序에 따라 경칭이 대충 정해져 있었다. 그것이 세태변화에 따라 많이 달라져 요즈음에는 질서가 없어졌다. 존댓말과 하대말이 복잡하게 얽힌 나라는 우리나라와 일본 중국 등 세 나라가 대표적이다.

우리나라는 존댓말이 입장에 따라 달라지는 경우는 거의 없다. 예를 들면 남에게 자기 상관이나 어른을 말할 때 존칭을 그대로 쓴다. 우리 '사장님' 또는 우리 '아버님'이다. 그런데 일본 사람들은 남에게 자기 쪽을 말할 때는 경칭을 쓰지 않는다. 우리 '사장' 우리 '부친'이다. '님'이라는 경칭을 쓰면 큰 실례가 된다. 이것은 문화의 차이라고 할 수밖에 없다. 굳이 말한다면 우리는 절대 경칭을, 일본은 상대 경칭을 관습으로 삼는다고 할 수 있다. 나는 일본 특파원 시절에 이런 경칭 사용

내 마음의 작은 동네

의 차이 때문에 큰 불편을 겪은 일이 있다.

존댓말을 쓰는데도 교육이 필요하다. 언어교육을 제대로 받지 못하면 웃지 못할 희극도 생긴다. 어떤 모임에 갔을 때의 일이다. 회사의 사업계획을 설명하는 자리였는데 끝맺음을 할 때 그 설명자는 초청된 내빈을 향해 "혹시 더 알고 싶은 것이 계시면 저에게 여쭈어 주십시오."라고 했다. 그로서는 한끝 존댓말을 쓰느라 신경을 쓴 것 같은데 자기에게 여쭈어 보라니 망발이 아닐 수 없다.

최근 신문에 보도된 것을 보면 더 기가 막힌다. 인용하면 다음과 같다.

"주문하신 커피 나오셨습니다."란 종업원의 말에 회사원 S 씨는 말문이 막혔다. "커피가 나오셨다고요? 왜 커피를 높이세요?" 고객의 이 말에 당황한 종업원은 웃으면서 "죄송하세요."라고 대답했다. 이번에는 자기를 높이는 말이었다.

언어교육을 제대로 받지 못하면 이런 꼴이 된다. 외국인이 우리말을 배울 때 가장 어려워하는 것이 높임말과 낮춤말 그리고 상대방을 부르는 호칭 용어이다. 장유유서라는 유교사상과 경로효친의 풍습에 바탕을 둔 이 경어와 호칭의 복잡한 언어구조는 어렵기는 하지만 정확히 알기만 하면 그 언어가 품고 있는 품격과 멋은 어떤 것과도 비교할 수 없는 천하일품이다. 따라서 우리는 품위 있고 멋이 있는 우리 언어를 제대로 쓸 수 있도록 국어교육 용어 훈련에 힘을 쏟아야 한다.

말하기 글쓰기

2013년 여름, 샌프란시스코에서 아시아나 항공 여객기가 착륙사고를 일으켰을 때 일이다. 160여 명이 다치고 중국인 여학생 3명이 사망한 사건이다. 모든 방송이 총동원되어 사건을 보도하느라 법석을 떨었다. 이런 와중에서 한 방송사의 뉴스앵커가 "우리나라 사람이 아니고 중국인이 죽은 것이 그나마 다행"이라는 말을 했다. 해서는 안 될 말이었다. 이 말은 인터넷을 타고 삽시간에 번졌다.

마침내 대통령까지 나서서 "말도 안 되는 그 한 마디로 그 동안 한국 국민에 대해 갖고 있던 중국 국민의 우호적인 생

각이 다 사라질 판이 되어 버렸다."고 안타까워하면서 개탄
했다.

말의 실수는 물을 엎지르는 것과 같다. 한 번 쏟으면 주워
담을 수 없기 때문이다. 그래서 예부터 "남아일언 중천금重千
金"이라고 말을 함부로 하지 말라는 가르침이 있었고, "말 한
마디가 천 냥 빚을 갚는다."고 말을 가려 하라는 교훈도 있었
다. 특히 불교의 『법구경法句經』에는 "오로지 입을 지켜라. 무
서운 불길같이 입에서 나온 말이 내 몸을 태우고 만다. 일체
중생의 불행은 그 입에서 생기나니 입은 몸을 치는 도끼와 몸
을 찌르는 칼이다."라는 경구가 있다. 수도승들이 묵언黙言 수
련을 하는 이유를 알만하다.

기독교에서도 "태초에 말이 있었다."고 말이 인간 창조의
기본이었음을 명시한 다음, 성경에서는 "혀에 맞아 죽은 사람
이 칼에 맞아 죽은 이보다 많다."고 경고하고 있다. 또 몽골 속
담에는 "칼의 상처는 아물어도 말의 상처는 아물지 않는다."
는 것도 있다. 모두 말의 힘과 능력이 경우에 따라서는 큰 재
앙이 될 수 있음을 일러주는 교훈들이다.

그런데 요즈음 우리나라 세태를 보면 너무 한심스럽다. 해

　　　　　　　　내 마음의 작은 동네

야 할 말과 해서는 안 될 말을 구별하지 못하고 온갖 비속어와 거칠고 저질스러운 막말들이 난무하고 있다. 더욱 기막힌 것은 정계에서 쏟아지고 있는 입에 담지 못할 막말들이다.

전직 대통령들에 대해 '노가리' '쥐박이' 등 천박한 비속어가 나오더니, 급기야 귀태鬼胎라는 저주에 찬 신조어까지 등장하면서 인격을 모욕하기에 이르렀다. 어쩌다가 지도자급이라는 사람들이 이 모양이 되었는가? 참다못한 어느 한 일간신문이 「19대 국회의원의 회의록 막말사례」를 분석하기에 나섰다. 막말과 비속어 사용 횟수를 분석해 세상에 알리기로 했다니 참으로 좋은 방법일 것 같다. 특히 국정감사 모습이 TV에 중계될 때에는 보는 사람의 낯이 뜨거워질 만큼 국회의원들의 호통치는 속악한 행태가 그대로 노출되어 민망하기 짝이 없을 때가 많다. 무엇이 우리말을 이렇게 타락시키고 있는가.

막말을 하는 저변에는 대개 참을 수 없는 증오가 깔려 있다. 그 대표적인 예가 북한의 대남 비방이다. "역적 패당을 죽창쳐 버리자" "원쑤들을 불가마에 처넣자" "미국놈과 괴리놈들을 핵찜질 하자" 등 우리가 늘 듣는 북한의 욕설이다. 세계 어디에 이런 저질스러운 나라가 있는가.

북한의 막말 욕설은 남한뿐 아니라 그들끼리도 거침없이 하고 있다는 것을 보여 주었다. 장성택을 숙청했을 때 그들은 사형을 선고한 판결문이라는 것을 발표했다. "개만도 못한 인간쓰레기" "왼새끼를 꼰 놈" "죽어서도 이 땅에 묻힐 자리가 없는 만고역적" … 이런 용어가 수두룩하게 들어 있다.

문명사회에서는 공식 문서에 이런 욕설을 쓰는 일이 없다. 정말 어처구니없는 짓이다. 우리는 절대로 이런 망나니 행태를 닮아서는 안 된다. 그런데 방송채널이 늘어나고 인터넷이 지배하는 다매체 시대가 되면서 우리도 막말이 기승을 부리는 말의 공해현상에 직면하고 있다. 말과 글을 목숨처럼 여기는 방송과 신문에서 평생을 보낸 나로서는 남의 일로 볼 수 없어 더욱 안타깝다.

그러면 어찌해야 하는가. 가장 중요한 방법은 언론이 앞장서 정풍운동을 전개하는 수밖에 없다. 특히 막말 공해를 걷어내고 품위 있는 말이 표준어가 되게 하려면 방송이 팔을 걷어붙이고 앞장서야 한다. 말은 방송의 생명이다. 방송을 통해 전파되는 말은 그 나라 사람의 사고와 의식을 결정한다. 그래서 선진국에서는 방송사가 중심이 되어 그 나라 언어를 표준

화하고 순화시키는 작업을 한다.

영국의 BBC 방송은 이미 1926년부터 사내에 용어와 발음 관계를 전담하는 부서를 만들었다. 세계에서 가장 모범적인 공영방송으로 평가받는 BBC는 이 기구를 중심으로 바르고 정확한 영어를 연구 사용하는 데 힘써 왔다. 영어의 정통성을 훼손하는 외래어나 저질스러운 비속어를 추방하는 언어 순화 운동도 병행하고 있다. 그래서 영국에서는 BBC가 쓰고 있는 영어가 곧 표준어로 굳어졌다. 지금도 BBC 국제 라디오는 영어를 배우려는 세계인에게 가장 정확한 교재가 되고 있는데, 이 방송의 청취자는 150여 개국, 1억8천만 명에 이르고 있다.

이웃 나라 일본은 NHK 방송이 1934년부터 국어학자, 언어학자, 심리학자, 시인, 작가들로 방송용어위원회를 만들어 방송언어를 다듬어 왔다. 뿐만 아니라 경어 쓰는 방법까지 프로그램을 통해 가르치고 있다. 그 결과 70%에 이르는 일본인이 지금 NHK의 일본어를 가장 정확하고 품위 있는 표준어로 여긴다는 조사보고서가 나와 있다. 선진국들은 모두 이와 같이 자기 나라 말을 가꾸고 지키는 일을 방송이 앞장서 하고 있다.

우리나라는 지금 KBS만이 「바른 말 고운 말」이라는 프로그램을 방송하고 있다. 또 「방송 출연자를 위한 KBS 한국어」라는 교재를 만들어 출연자 교육에 사용하고 있다. 그러나 그 효과는 아직도 크지 않은 것으로 보인다. 모든 방송이 국어 순화운동에 동참해야 한다. 방송용어의 순화 없이 저질 비속어와 거친 자극어를 지금처럼 함부로 쓴다면 우리 국어는 엉망이 되고 말 것이다.

우리 사회에 번지고 있는 말의 오염 현상에 대해 어떤 전문 학자는 이렇게 평가한다.

"요즈음은 책 읽는 사람이 드문 세상이다. '터치'만 하면 '솔루션'을 주는 인터넷 세대여서 생각하는 사람이 사라져 간다. 검색만 있고 사색이 없는 시대, 그래서 오가는 말도 단세포적이다. 깊이가 없고 거칠 수밖에 없다."

원래 우리는 말을 다듬고 발전시키는 문화를 가져보지 못했다. 서양은 고대 그리스의 아고라(Agora)가 말해 주듯 여러 사람이 한 자리에 모여 의견을 교환하는 토론문화, 즉 '말의 문화'를 발달시켰다. 서양 도시를 가보면 어디를 가나 도시 중심부에 광장이 있다. 정치 지도자들은 이 광장에서 국민을 설득시키는 연설을 해 왔다. 데모크라시는 이렇게 발전했고 연설(말)을 잘 하기 위해 수사修辭(Rhetoric)가 발달했다.

그러나 우리는 '침묵이 금'이라는 격언이 말하듯 다변多辯을 삼가는 쪽으로 문화를 키웠다. 말을 잘 하면 "입만 살아 있다"느니 "말만 번지르르 하다"느니 하면서 마치 교언영색巧言令色의 부도덕한 짓인 양 비하하고 경계했다.

말하기 좋다하고 남의 말 하는 것이

남의 말 내 하면 남도 내 말 하는 것이

말로써 말이 많으니 말 말을가 하노라

이 처세훈의 옛시조가 바로 우리의 말 문화였다.

그런데 그것이 요즈음에 와서는 둑 터진 봇물처럼 말의 홍수 시대를 맞게 되었다. 무슨 말을 해도 괜찮은 언론 자유가 넘쳐나고, 종편 방송의 출현 등 다매체 시대가 찾아왔다. 필력 좋은 글쟁이보다 입담 센 말쟁이의 힘이 더 커지게 되었다. 말을 잘 할 수 있는 훈련기간도 없이 또 말을 제대로 할 줄 아는 기술을 습득할 틈도 없이 말을 해야 하는 시대를 맞고 있다. 따라서 우리는 늦었지만 지금부터라도 말을 제대로 잘 할 수 있는 훈련을 해 나가야 한다.

남의 말을 들을 줄 알고 자기 의견을 제대로 말할 줄 아는 교육은 학교는 물론 가정과 직장에서도 부단히 이루어져야 한다. 그리고 특히 정체를 숨기고 제멋대로 타인을 비방 모욕하는 인터넷 매체의 언어폭력에 대해서는 엄중한 처벌을 해야 한다. 쓰레기통에서 장미꽃이 필 수 없듯이 비속어와 막말이 난무하는 풍토에서는 민주주의가 절대로 꽃필 수 없다.

말이 득세하고 지배하는 세태 때문에 글이 생명인 신문 잡지가 자꾸 쇠퇴해가고 있다. 독자가 줄고 판매 부수가 떨어져 이 분야에 종사하는 사람들이 한숨을 쉬고 있다. 이런 현상은 우리만이 겪는 일이 아니고 온 세계 여러 나라가 직면해 있는 공통된 문제이다. 그 권위와 영향력이 세계 으뜸임을 자랑해 왔던 미국「워싱턴 포스트」가 최근 경영이 어려워 팔려나간 것이 이런 사정을 웅변해 주고 있다.

그렇다면 정말 글의 운명은 시들고 말 것인가. 나는 그렇지 않으리라 생각한다. 우리가 오늘 누리고 있는 인류의 문화는 오랜 세월을 두고 글이 축적되어 만들어진 거대한 발효물醱酵物이다. 지금 아무리 말이 성행하고 그것을 보존하고 전파하는 기술이 발달했다 하더라도 그것은 글에 비할 바가 못 된다.

20세기를 마감하고 21세기를 맞았을 때, 미국의 유수한 언론기관에서는 지난 1천 년 동안 인류에게 가장 크게 공헌한 것이 무엇인가를 골라 보았다. 그 결과 1등으로 뽑힌 것이 구텐베르크의 금속활자와 인쇄술의 발명이었다. 글을 널리 보급시킨 활자와 인쇄술이 단연 으뜸이라는 것이다. 이런 점으로 미루어 볼 때 앞으로도 문화를 창조하고 전수하는 주요 담당자는 말보다는 글이 될 것을 확신한다.

그래서 글쓰기에 관해 좀 써 보고자 한다. 누구나 좋은 글을 쓰고 싶어 한다. 특히 글을 쓰는 직업에 종사하는 사람은 이 욕구가 더욱 강렬하다. 나도 그 축에 드는 사람이다. 우리 언론계에는 글을 잘 쓰는 재사들이 많다. 기사를 잘 다듬어 쓰는 사람, 추상열일 같은 기개로 논설을 잘 쓰는 사람, 사실을 그림처럼 보여 주는 르포르타주reportage를 잘 쓰는 사람…. 글 쓰는 데도 종류가 많다.

그런데 어떤 글이 되었건 좋은 글이 되려면 기본 요건을 갖추어야 한다. 역사적 통찰력, 철학적 예지, 문학적 향기가 있어야 한다. 이것을 흔히 문장삼절文章三絕이라 하는데, 당唐나라 시인 백낙천은 여기 더하여 알기 쉬워야 하고, 어려운 글자가 없어야 하고, 읽기 쉬워야 한다는 세 가지를 더 덧붙였다. 또 명明나라의 장홍양은 글 쓸 때 저지르기 쉬운 여섯 가지 잘못을 지적했다. 한양대학교의 정민 교수가 이에 대해 설명한 칼럼이 있어 그것을 옮겨 보겠다.

첫째, 말을 비틀어 어렵게 써 놓고 제 딴에는 새롭고 기이하지 않느냐고 여기는 것. 둘째, 뜻을 복잡하게 얽어 놓고 스스로 정밀하고 투철하다고 여기는 것. 셋째, 만연체로 길게 늘어놓고 창대하다고 착각하는 것(분량으로 독자의 기를 죽여 보겠다는 심사). 넷째, 생경하고 껄끄러운 표현을 잔뜩 동원해 이만하면 장중하고 웅건하지 않느냐고 뽐내려는 것. 다섯째, 경박하고 방정맞은 얘기를 펼쳐 놓고 원만하고 부담 없다고 자부하는 것. 여섯째, 평범하고 속된 표현을 나열하고는 스스로 평탄하고 정대하다고 생각하는 것 등이다.

우리 조상들 가운데서 가장 글 잘 쓰는 선비의 한 사람으로 꼽는 연암燕巖 박지원朴趾源은 글쓰기를 전략으로 비유했다.

내 마음의 작은 동네

"글자는 군사이고 글의 뜻은 장수이다. 제목은 적국이고 고 사故事는 싸움터의 보루이다. 글자를 묶어 구절을, 구절을 모아 문장을 만드는 것은 대오隊伍를 이루어 진을 치는 것과 같다. 운韻과 문채文彩는 징과 북을 울리고 깃발을 날리는 것과 같다."는 것이다.

글 쓰는 법法 도道 예藝를 터득한 선인들의 이런 말들은 한시도 소홀히 할 수 없는 교훈들이다. 그러나 말은 쉽지만 아무나 실천할 수 있는 것은 아니다. 명문장가도 종종 '백지의 공포'에 빠지는 수가 있다. 글을 쓰려고 펜을 들고 흰 종이를 대하면 머릿속이 하얗게 비어 글이 나오지 않는 경우를 두고 일컫는 말이다.

글 쓰는 데는 왕도가 없다. 좋은 글을 쓰려면 좋은 글을 읽는 수밖에 없다. 예부터 문文을 숭상한 우리나라 선비들은 그래서 만 권의 책을 읽으려 했다. 추사秋史 김정희金正喜는 좋은 글을 쓰려면 "가슴 속에 만 권의 독서량이 쌓여서 피어나는 문자향과 서권기書卷氣가 넘쳐야 한다."고 했다.

오늘날도 마찬가지이다. 쓰고자 하는 글의 주제에 대해 충분한 지식과 자료가 없으면 함부로 글을 쓰지 말아야 한다고

159

주장하는 사람이 일본의 다치바나 다카시(立花 隆)이다. 다큐멘터리 작가이며 문명비평가로 일본을 대표하는 지성인의 한 사람인 그는 글 쓰는 데 많은 화제를 낳게 하는 사람으로 유명하다. 그는 애니메이션 영화 「바람 불다」라는 작품 팸플릿에 추천사를 의뢰받은 일이 있었다. 2,400자에 불과한 짧은 글이었다. 그런데 그는 달랐다. 작품 내용이 전쟁 때 일본이 전투기를 어떻게 만들었는지 그 과정을 보여 주는 것이어서 그는 글을 쓰기 위해 엄청난 분량의 책을 읽었다. 2차 대전 역사, 전투기 전쟁기록, 작품에 등장하는 인물들의 자서전, 심지어 전투기 소재인 알루미늄 합금 전문서까지 수십 권의 책을 읽고 나서야 글을 썼다. 2백자 원고지 12매짜리 짧은 글이지만 그는 이렇게 공부를 하고 나서 글을 썼다. "글쓰기의 기본은 독서에서부터 시작된다."는 것이 그의 지론이다.

글 쓰는 데는 두 종류가 있다. 하나는 일기가성一氣呵成으로 단숨에 쓰는 글이 있고, 다른 하나는 만지고 다듬으며 쥐어 짤 대로 짜면서 쓰는 글이 있다. 언론에 종사하는 사람은 시간에 쫓기면서 글을 쓰기 때문에 대개 전자에 속한다. 특히 언론인의 글은 소설가나 시인의 글과 달리 관념의 치장 없이 세상을 읽어내고 진실을 파고드는 치열함이 있어야 한다. 또 제한된 지면에 많은 내용을 담아야 하므로 간결체 문장에 능해야 한다. "그 사람은 얼굴에 부드러운 미소를 지었다."는 문장이 있다면 "그는 미소지었다."로 써야 한다. 열일곱 글자를 일곱 글자로 줄인 셈이다.

글을 쓰는 데는 글자가 아주 중요하다. 한문은 표의表意 글자이고 한글은 표음表音 글자이다. 뜻을 압축하거나 상징적으로 표현하자면 한문을 당할 글자가 없다. 특히 내용을 압축해 간결체로 글을 써야 하는 신문이나 잡지는 한글전용 때문에 큰 불편을 겪고 있다.

우리가 쓰는 일상용어 가운데는 발음은 같은데 그 뜻이 전혀 다른 것이 너무 많다. 예를 들면 '진통'이란 말은 한문으로는 '진통陣痛' '진통鎭痛' 두 가지가 있는데, 앞의 것은 아픔이 시작된다는 뜻이고, 뒤의 것은 아픔이 가라앉는다는 뜻이다. 그래서 한문 소양이 부족한 사람들은 가끔 잘못된 어휘를 사용해 글을 잡치는 경우가 생긴다. 합리성을 추구하는 데 있어서는 우리보다 훨씬 앞서 있는 일본이 지금도 한문을 폐지하지 않고 혼용하는 이유가 바로 이런 데 있다.

최근 한국과 중국·일본의 저명인사들로 구성된 30인 회의에서 3국 공통사용 한자 800자를 선정했다. 이것은 아주 잘한 일이다. 알파벳이 서양의 공통문자인 것처럼 한자는 동양의 공통문자라 할 수 있다. 한·중·일 3국이 이 공통된 문자를 더욱 발전시켜 사용한다면 문화 발전에 큰 도움이 될 것으로 보인다.

우리 한글은 표음문자 가운데서는 가장 과학적이고 완벽한 글자로 평가받는다. 미국의 유명한 동양학자인 하버드대학의 라이샤워 박사는 한글을 과학적 표기체제라고 극찬하면서 한글날을 세계인 모두가 축하해야 하는 날이라고 했다.

프랑스 언어학자 파브르, 영국 역사학자 존맨, 미국 여류작가 펄벅 등 많은 명사들이 모두 한글에 대해 칭찬을 아끼지 않았다. 그만큼 우리는 좋은 문자를 가지고 있다. 따라서 한글전용이 나쁜 것은 아니다. 다만 우리의 문화, 우리의 글이 오랫동안 한문 문화권에서 싹이 트고 자라온 만큼 뜻글과 소리글을 어떻게 배합해 발전시킬 것인가를 숙고해야 한다. 이것은 글 쓰는 사람들이 짊어진 숙명적 과업이라 할 수 있다.

우리나라는 무武보다 문文을 숭상해 온 나라였음에도 불구하고 지금 말하는 것과 글 쓰는 것을 제대로 가르치지 않는 이상한 나라가 되어 있다. 어릴 때부터 남의 말을 들을 줄 알고 자기 말을 당당히 할 줄 아는 교육, 남의 글을 읽을 줄 알고 자기 글을 제대로 쓸 줄 아는 교육이 없다. 가정에서도 학교에서도 이런 것을 가르치지 않는다. 그래서 생기는 병폐에 모두 시달리고 있다.

민주주의를 하자면서 제대로 된 토론문화가 없다. 미국의 하버드대학은 신입생에게 한 학기에 적어도 세 편의 에세이를 쓰게 한다. 교수는 학생 서른 명씩을 맡아 일일이 글을 첨삭하면서 글 쓰는 방법을 지도한다. 왜냐하면 사회에서 리더가 된 졸업생을 조사해 보았더니 성공 비결은 '글쓰기'였다는 답이 나왔기 때문이다.

말은 조리가 있고 품위가 있어야 한다. 글은 어법에 맞고 리듬이 있어야 한다. 또 읽는 사람의 호흡에 맞아야 한다. 다시 말하면 우리말과 우리글에는 우리만이 가지고 있는 독특한 질서가 있다. 그런데 이 질서가 자꾸 파괴되어 야릇한 혼란이 생기고 있다.

예를 들자면 우리말에는 단수와 복수의 구별이 거의 없다.

"사람들이 모였다."고 쓰는 것은 영어식이다. 우리식은 그냥 "사람이 모였다."로 써야 한다. 또 우리말에는 원래 피동형 동사의 표현법이 없다. 특별한 경우가 아니면 쓰지 않는 것이 좋다. "남산에 심어진 나무" "오래전에 지어진 덕수궁" "작년에 쓰여진 책" 이런 표현은 우리 어법에 맞지 않는 것들이다. 우리 어법에 맞는 표현은 "남산에 심은 나무" "오래전에 지은 덕수궁" "작년에 쓴 책"이어야 한다.

이런 무질서를 막으려면 앞에서 강조했지만, 어릴 때부터 우리 국어를 제대로 가르쳐야 한다. 그리고 말과 글을 생명으로 하는 방송과 신문이 우리 어법과 표현기술을 바로 잡고 바로 쓰는 교사가 되어야 한다. 이것은 사소한 문제가 아니라 우리 문화의 토대를 구축하고 가꾸는 아주 중요한 기본 문제이다.

역사왜곡 이모저모

일본은 역사를 왜곡歪曲하는 바람에 우리나라뿐만 아니라 중국과도 심한 갈등을 빚고 있다. 한·일 국교가 정상화된 것이 1965년이므로 반세기가 되었다. 그런데도 이런 문제 때문에 양국 관계는 아직도 코라코스터처럼 기복을 계속하고 있다.

일본이 자기의 침략 행위를 정당화하기 위해 온갖 자료를 들먹이면서 강변을 늘어놓는 것은 어제 오늘의 일이 아니다. 한·일 간에 국교 정상화를 위한 회담이 있었을 때 이를 취재했던 나로서는 신물이 나도록 일본 기자들과 언쟁을 했던 것도 바로 이 문제 때문이었다.

일본은 그들이 가해자이고 한국이 피해자였다는 엄연한 사실을 외면하고 있다. 식민지를 만드는 과정에서 생긴 양국 간의 조약들이 모두 군사점령 하에 이루어진 강제였다는 사실을 무시하고 합법적인 조약이라 강변한다. 또 그들의 식민정책은 조선을 발전시키는 데 크게 기여했다면서 당시의 통계자료와 여러 경제지표들을 들먹인다.

한 마디로 말하면 자기에게 불리한 것은 몽땅 빼고 유리한 것만 골라 이것을 뻥튀기는 수법이다. 이것은 역사왜곡의 전형적인 사기술이라 할 수 있다. 2차 대전이 한창일 때 일본은 정신대挺身隊라는 이름으로 조선의 젊은 여자들을 강제 동원했다. 군수공장의 공원으로 보낸다고 했다. 그러나 이들의 일부를 빼내 다른 곳으로 보냈다. 군수공장이 아니라 군부대였고 거기서 성노예 노릇을 하게 했다. 이른바 위안부 문제의 실상이다. 당시를 살았던 사람은 이런 사실을 안다.

그런데 일본은 한때 이런 사실을 시인했다가 세월이 흐르자 손바닥 뒤집듯 있었던 사실을 없었던 것으로 부인하고 나섰다. 지금도 그들의 몰염치한 태도는 변하지 않고 있다. 달면 삼키고 쓰면 뱉는다는 말이 딱 들어맞는 역사의 진실 왜곡이다.

그렇다면 일본만 이런 짓을 하는가. 나는 역사 현장을 보기 위해 세계 여러 곳을 다녀 보았는데 몇몇 곳에서는 정도의 차이는 있지만 수긍할 수 없는 현실을 많이 볼 수 있었다. 가령 중국의 경우, 몇 년 전 청·일 전쟁 때의 유적지를 둘러 볼 기회가 있었다.

우리나라 인천 앞바다 바로 건너편 중국 땅에 위해威海라는 도시가 있다. 그리고 그곳에서 30분쯤 바다로 나가면 유공도劉公島라는 조그마한 섬이 있는데, 이곳이 바로 청·일 전쟁 때 중국(청국)의 북양함대北洋艦隊 사령부가 있던 곳이다. 여기에는 지금 전쟁 때의 여러 군함 사진과 모형, 그때 사용했던 무기, 군복, 생활용품들을 진열한 전쟁박물관이 있고, 그 옆 마당에는 함대사령관이었던 정여창丁汝昌 제독의 동상이 서 있다.

정여창이란 어떤 인물인가. 그는 우리나라와 관계가 있는 군인이다. 1882년(고종19), 임오군란壬午軍亂이 났을 때 군함을 이끌고 우리나라에 와서 원세개袁世凱가 체포한 흥선대원군을 청국으로 데려간 사람이다. 가난한 농부의 아들로 태어나 떠돌이 생활을 하던 그는 '태평천국의 난'이 일어났을 때 이홍장李鴻章에게 발탁되어 군대 졸병에서 해군 제독에까지 오른 출세가두를 달려온 인물이다.

그는 이홍장의 심복으로 북양함대 사령관이 되어 해군 양성에 기여한 바가 없지 않으나, 함대 기지에 사사로이 집을 지어 이것을 세놓아 돈을 챙겼는가 하면, 아편 밀매에도 관계했고, 뇌물을 받는 등 당시 청국의 고관들이 다 그랬다고는 하지만 몹시 부패한 군인이었다. 일본 해군과 싸웠으나 패전했다. 위해가 함락되고 기함旗艦이 격침당하자 항복하고 자결한 사령관이었다.

일본과의 해전에서 북양함대가 패전한 것은 정여창의 지휘 잘못에 있는 것은 아니었다. 해군의 전비戰費 대부분을 당시의 통치자 서태후西太后가 가져가 그의 호화 별장 이화원頤和園을 짓는 데 써 버렸다. 그래서 북양함대에는 군함은 있으나 포탄이 없는 기현상이 일어나는 등 전쟁에 이길 수 없는 조건이 너무나 많았다. 정여창이 자살한 것도 패전의 책임을 졌다기보다는 자기를 패전 수습의 제물로 삼기 위해 청국 정부가 그를 거리에 내세워 처형하기로 결정한 것을 미리 알았기 때문이었다.

아무튼 이런 곡절을 겪은 중국은 그 후 장개석의 국민 정부에서 모택동의 공산 정부에 이르기까지 서태후, 이홍장, 정여창을 나라를 망친 반역자, 망국노로 지탄해 왔다. 그러했던 중국이 언제부터인가 정여창을 망국 반역자 반열에서 슬그머니 빼내 나라를 지키다 순국한 애국 영웅으로 둔갑시키기 시작했다. 그러더니 지금은 유공도 옛 함대사령부 자리에 그의 동상이 세워지기까지 했다. 그리고 물망국치勿忘國恥, 나라의 치욕을 잊지 말자는 표어도 내걸어 이곳을 찾는 중국인들에게 민족의식을 고취시키고 있었다. 정치 목적에 따라 역사를 왜곡시키는 산 실례라 하지 않을 수 없다. 중국은 이것을 역사의 재평가라 할지 모르나 내가 보기에는 왜곡이다.

또 한 가지 예는, 중국 흑룡강성黑龍江省에 있는 목단강牧丹江에 갔을 때 일이다. 이곳은 우리나라 독립투사 김좌진 장군이 게릴라부대를 양성해 일본군에 대항했던 곳이어서 그 유적을 보기 위해서였다. 그런데 이곳은 먼 옛날 발해渤海의 도읍터였기도 해 그 유적도 많았다. 발해의 옛 성터에 가보니 중국 정부가 그곳을 깨끗이 보수해 관광자원으로 활용하고 있었는데 설치해 놓은 설명판을 읽어보니 어처구니가 없었다. 알다시피 발해는 고구려가 멸망한 후 그 유민들이 세운 나라인데도 고구려라는 말은 설명문 어디에도 없고, 이 지역에 살았던 말갈족靺鞨族이 세운 지방정권이었다는 것만 장황하게 쓰여 있었다.

중국이 이른바 동북공정이라 하여 만주와 한반도 북부의 역사를 왜곡해 자기들 역사의 일부로 편입시키고 있다는 것은 여러 번 들어온 얘기지만, 막상 현장에서 그것을 목도하니 부아가 치밀어 올랐다. 역사를 입맛에 맞추어 마음대로 왜곡시키는 현장이 아닐 수 없었다. 대국답지 않은 옹졸함이다.

그러면 우리나라의 경우는 어떤가. 이념에 사로잡힌 일부 좌파 학자들이 우리 근대사를 왜곡해 쓰고 있어 말썽이 생긴 것은 누구나 다 아는 일이다. 대한민국 정부 수립을 근거 없이 헐뜯는가 하면, 1948년 12월, 유엔이 대한민국을 승인할 때 결의문이 "한반도의 유일한 합법정부"라고 되어 있는데도 불구하고 "선거가 가능했던 한반도 내의 유일한 합법정부"라고 왜곡해 쓰고 있다. 6·25 전쟁도 북한의 침략임을 명시하지 않고 얼버무리는 등 엉터리가 많다. 이런 점에서 우리나라도 역사왜곡 문제에서는 절대로 자유로울 수 없게 되었다.

그런가 하면 북한은 역사왜곡이 아니라 역사를 통째로 날조하는 나라가 되어 있다. 오래전 일이지만 지난 1973년 3월, 나는 남북조절위 회의 취재차 평양을 다녀온 일이 있다. 그때 김일성의 생가인 만경대를 구경했는데 그곳이야말로 역사 날조의 본고장이었다. 19세기 후반 미국 상선 제너럴셔먼호가 대동강을 거슬러 올라갔다 격퇴된 일이 있었는데, 이때 승전을 이끈 지도자가 김일성의 증조부였다는 것이다.

또 1919년 3·1 운동이 일어났을 때 김일성은 마을 사람들을 조직하여 항일운동을 지도했다는 것인데, 그때 김일성은 7세 소년이었다. 상식적으로 생각해도 말이 안 되는 역사날조의 본보기라 하지 않을 수 없다.

북한에 대해 비교적 우호적 입장을 취하고 있었던 하와이대학의 서대숙 전 교수조차 김일성 전기에서 "김일성의 조부와 부모가 항일투쟁을 했다는 자료는 어디에도 없다. 이것은 정치적 의도로 날조한 것이므로 언급할 가치조차 없다."고 했다. 날조는 왜곡과 엄연히 다르다. 왜곡은 있는 사실 가운데서 불리한 것은 빼고 유리한 것만 골라 입맛에 맞도록 역사적 사실을 꾸부리는 것을 의미하지만, 날조는 있지도 않은 사실을 있는 것처럼 가짜로 만드는 것이다. 이것은 해서는 안 될 범죄에 속한다.

역사라는 것은 "현재와 과거의 끊임없는 대화"라는 것이 유명한 역사학자인 카(E.H carr)의 정의다. 그러나 역사는 승자勝者의 기록이다. 요즘 말로 갑甲의 기록이다. 패배자와 약자(乙)의 얘기는 빠져 있는 것이 역사라 해도 과언이 아니다. 그래서 승자는 역사를 남기고 패자는 전설을 남긴다고 했다. 따라서 역사를 읽을 때에는 균형 감각을 가지고 빠져 있는 행간의 사실들을 찾아가며 공부해야 한다. 이런 노력이 없으면 부분적인 사실이 마치 전체인 것처럼 본의 아니게 역사를 왜곡하게 된다.

가령 구한말舊韓末 때 외세배격을 주장, 일본을 반대하다 대마도에서 순절한 면암勉菴 최익현崔益鉉을 예로 들어 보겠다. 19

세기 후반, 서양세력이 밀려왔을 당시 조선왕조의 지배세력 (士林)은 위정척사론衛正斥邪論을 내세우며 쇄국을 고집했다. 최익현은 바로 이 보수세력의 대표적 투사였다. 그는 도끼를 메고 대궐 앞에 엎드려 일본과의 수교를 결사반대하는 상소를 올렸다. 일본도 서양을 닮아가는 오랑캐라는 것이다. 을사보호조약이 맺어진 후 그는 일본 관헌에 체포되어 대마도로 귀양갔다. 단식투쟁 끝에 거기서 73세를 일기로 아사餓死했다. 옳다고 믿는 가치를 지키고자 목숨을 버린 선비 정신의 화신이며, 추상 같은 기개로 일본에 맞서 싸운 열사였다. 그래서 순국지사로 역사적 인물이 되었다.

조선의 개방을 반대하고 쇄국을 고집했던 당시의 척사파들은 모든 것을 유교의 주자학적 입장에서 판단했다. 서양을 공자의 가르침을 모르는 오랑캐로 보았고, 이들과 수교한 일본도 마찬가지 부류로 취급했다. 서양의 새로운 문물을 모두 기기음교奇技淫巧한 것으로 규정, 이단異端으로 배척했다. 역사의 흐름을 외면하는 이 고루한 유교의 원리주의를 지키고자 했던 행동대장이 바로 면암 최익현이었다.

전라남도 흑산도에는 여티미 마을(淺村)이라는 곳이 있다.

그 마을 입구에 자리 잡은 손바닥 바위에 면암이 쓴 다음과 같은 글귀가 새겨져 있다. "기봉강산箕封江山 홍무일월洪武日月" 글 내용은, 조선은 중국사람(箕子)이 세운 나라이며 명나라의 세월이어야 한다는 '숭명사대崇明事大' 사상을 노골적으로 나타 낸 것이다. 면암이 일본과의 수교를 반대하는 도끼상소를 올 린 죄로 이곳에 유배되어 귀양살이를 했을 때 남긴 글귀인데 자랑할 내용이 못된다. 이런 여러 가지 사실을 종합해 본다면 면암 최익현은 나라와 임금을 위해 죽은 순국열사가 아니라 그가 신봉하는 종교(朱子學的儒敎)를 지키기 위해 목숨을 버린 순 교자로 평가하는 것이 타당하다고 생각한다.

우리가 역사적 인물을 평가할 때 그의 공과功過를 균형 있게 보지 않고 한쪽만을 의도적으로 과대 또는 과소평가해서는 안 된다는 본보기 케이스라 할 수 있다. 역사왜곡을 바로잡는 핵 심이 여기 있다. 다른 예를 하나 더 들어보겠다.

연암燕巖 박지원朴趾源은 우리 역사에 나타난 위대한 문호이 며 합리적인 개혁주의자였다. 그가 남긴 기행문『열하일기』 와 소설『양반전』, 그리고 문체혁명은 불후의 명작이며 업적 이다. 오랜 병폐인 주자학 성리학의 공리공론과 허망한 명분

론을 반대하고 실학^{實學}을 추구한 그를 우리는 높이 평가한다. 그러나 그에게도 한계가 있었다. 그가 53세 때(정조13년) 사헌부^{司憲府} 감찰이라는 벼슬자리로 발령이 나자 그 자리를 사양하고 능^陵을 관리하는 한직을 자청했다.

이유는 그의 숙부 이름이 박사헌^{朴師憲}이기 때문에 발음이 같은 '사헌'이라는 곳의 벼슬을 할 수 없다는 것이었다. 이 사실은 연암의 둘째 아들 박종채가 쓴 연암의 전기『과정록^{過庭錄}』에 기록되어 있다. 합리성을 추구했던 연암이 이런 말도 안 되는 불합리한 행동을 했으니 그 시대가 어떠했으며 연암의 개혁주의자로서의 한계를 우리는 비판적으로 보아야 한다. 당시로서는 이단아^{異端兒}로까지 보였던 연암의 개혁성도 지금 잣대로 보면 불합리한 것을 그냥 답습한 인물로밖에 보이지 않는다. 역사적 평가는 이와 같이 어렵다.

여기서 우리는 조선왕조의 파워 엘리트였던 양반과 선비에 대해 비판적 안목을 가질 필요가 있다. 역사왜곡을 피하기 위해서다. 조선왕조는 선조^{宣祖} 8년⁽¹⁵⁷⁵⁾ 이래 나라가 일본에 의해 망할 때까지 당쟁^{黨爭}이 줄기차게 계속되어 왔다. 학자들이 정리한 것을 보면 335년간에 이른 당쟁 기간을 통해 노론^老

論이 300년을 지배했고, 여타 당파들이 집권한 것은 모두 합쳐도 40년이 채 안 된다. 노론의 '원 사이드 게임'이긴 했으나 처절한 권력투쟁 때문에 숱한 사화士禍가 일어나 많은 선비가 귀양가고 죽었다. 그들이 신봉한 철학은 유교(주자학)였고, 그들이 추구했던 가치는 인仁과 군자君子였다. 그러나 실상은 그 반대였다. 자기만이 옳다는 편협한 유일사상에 빠져 자기편이 아니면 모두 사문난적斯文亂賊으로 몰았다. 'all or nothing'이라는 죽음의 게임을 계속했다.

유교가 가르치는 경전의 내용을 통째로 외워 과거시험에는 합격했으나, 그 경전이 가르치는 내용을 행동으로 옮긴 경우는 거의 없었다. 그래서 나라를 망친 결과를 가져왔다. 19세기 말엽, 미국에서 귀국한 서재필이 발간한 「독립신문」은 우리나라 초기 근대화를 추진한 획기적 매체였다. 그러나 이 신문이 서양제도를 찬양하고 우리나라 의병義兵 활동을 헐뜯는다고 많은 유생儒生들이 독립신문과 서재필을 매도했다. 의병 활동 자체가 나쁜 것이 아니라 그 실상이 문제였다.

독립신문이 비판한 의병의 실상이 어떠했는지 『백범일지白凡逸志』를 보면 안다. 백범 김구金九는 청년 시절 반일 독립운동을 하다가 체포되어 형무소에 갇혔는데, 거기서 의병 간부들과 함께 있었다. 그때의 일을 그는 『백범일지』에 다음과 같이 쓰고 있다.

"차례차례 인사를 하여 물어보니 혹은 강원도 의병의 참모장이니 경기도 의병의 중대장이니 하여 대부분 의병 두령이고 졸병이라는 사람은 보지 못했다. 처음에는 극히 존경하는 마음으로 교제를 시작했으나, 얼마 되지 않아 마음 씀씀이와 행동거지가 순전한 강도로밖에 보이지 않았다. 참모장이라는 사람이 전략이 무엇인지조차 알지 못할 뿐 아니라 의병을 일으킨 목적이 무엇인지 국가가 무엇인지 모르는 사람이 많았고, 당시 무기를 가지고 여러 마을을 횡행하면서 만행한 것을 잘한 일처럼 큰소리쳤다."

애국청년 백범이 만난 의병 간부의 실태가 이러했다. 역사적 사건이나 인물에 대해 덮어놓고 미화하거나 폄훼하는 것이 얼마나 위험한가 일깨워 주는 좋은 예라 할 수 있다. 의병운동은 높이 평가할 만한 구국운동이었지만, 그 가운데는 백범 김구가 비판한 것처럼 형편없는 소행도 없지 않았다. 그래서 거듭 말하지만 역사는 정확히 알아야 한다. 이것만이 역사 왜곡을 막을 수 있다. 우리가 외국에 대해 역사왜곡을 비판하려면 먼저 우리가 역사왜곡을 하지 말아야 한다.

라면의 추억

나는 한 달에 두 번쯤 서점에 간다. 광화문 네거리의 교보문고와 강남 센트럴시티에 있는 반디앤루니스가 주로 드나드는 책방이다. 특별히 사고 싶은 책이 있어 갈 때도 있지만 신간 서적으로 어떤 것이 있는가 보기 위해 가는 경우가 더 많다.

그럴 때마다 항상 아쉽게 생각되는 것은 우리나라에 아직껏 책(특히 헌책)만 파는 서점 거리가 없다는 사실이다. 가령 일본 도쿄의 간다神田 진보초 거리는 길 양쪽이 모두 헌 책방으로 들어차 있다. 이 서점들을 골고루 훑어보려면 며칠이 걸린다. 또 영국 런던의 채링크로스 거리와 프랑스 파리의 세느 강변 벼룩시장 헌 책방으로 유명하다. 독서 선진국에는 이와 같이 그 나라를 대표하는 헌 책방 거리가 있다. 특히 무武를 통치 수단으로 삼았던 일본이 문文을 숭상했던 우리보다 훨씬 많은 책방을 가지고 있으니 할 말이 없다.

헌 책방을 순례하면서 오래전에 절판된 화제의 책을 어쩌다 발견하는 재미는 책을 좋아하는 사람에게는 더없이 즐거운 행락이다. 그런데 우리나라에는 이런 재미를 볼만한 곳이 없다. 옛날에는 청계천 변두리와 인사동 골목에 그래도 헌 책방이 더러 있었으나 지금은 그것마저 모두 없어졌다.

더구나 시대가 변해, 온라인 서점과 전자책이 나오는 세상이라 종이에 인쇄된 책이 외면당하는데 어떻게 책방 거리가 생길 것이며 헌책을 팔고 사는 장사가 되겠는가. 공연히 가져보는 시대착오적인 욕심이란 생각이 더더욱 들 뿐이다. 그래서 나는 어쩔 수 없이 신간 서적을 취급하는 날씬한 서점만 드나들게 된다.

그런데 얼마 전 서점에 들렀다가 색다른 책을 하나 보게 되었다. 『라면이 없었더라면』이란 책이다. 수첩보다 조금 큰 사이즈여서 책이라기보다는 팸플릿에 가까웠는데, 내용은 소설가와 대학교수 여덟 사람이 각기 라면에 관한 이야기를 예찬조로 쓴 것이었다. 나는 얼른 샀다. 책을 산 까닭은 나도 라면에 관한 추억이 많아서였다.

책값을 지불했더니 라면 한 봉지를 덤으로 주기에 받았다. 나는 평생 동안 서점에서 책을 많이 사 보았지만 무슨 물건을, 특히 라면 같은 식품을 받아 본 일은 없었다. 처음 겪어 본 일이다.

라면 책을 읽으면서 맨 먼저 생각난 추억이 일본에서의 자취생활이었다. 나는 1960년대 말엽, 직장생활을 잠시 쉬고 도쿄대학 대학원에서 공부를 한 일이 있다. 대학에서 멀지 않은 신오츠카(新大塚)라는 곳에서 원룸을 빌려 자취생활을 했다. 그때 거의 매일 먹다시피 한 것이 라면이었다. 밥 짓고 반찬 만드는 법을 전혀 모르는 사람이라도 라면은 끓일 수 있다. 가스레인지에 불만 붙일 줄 알면 되기 때문이다.

라면이 일본에서 처음 생긴 것은 1958년이었다. 내가 한일회담을 취재하러 일본 땅을 처음 밟은 것이 1962년, 그때 생전 처음으로 라면이라는 국수를 먹어 보았다. 말하자면 라면 1세대라 할 수 있다. 도쿄 번화가 긴자(銀座) 옆에 있는 신바시(新橋) 기차역 입구에 포장마차 형식으로 차려 놓은 라면국수 전문점이 있었다. 저녁 늦게 이곳에 들르면 많은 샐러리맨들이 줄을 서 라면을 사먹고 있었는데 나도 여기 끼어 자주 사 먹었다. 이것이 일본 라면(일본어로는 라멘)과의 첫 만남이다.

국수라고 부르는 면麵은 원래 중국에서 생겨나 아시아 전역으로 번진 오래된 먹거리였다. 이것이 일본에서는 우동과 소바 두 종류로 발달했다. 밀가루로 만드는 국수가 우동이고, 메밀가루로 만드는 국수가 소바인데, '간사이(關西) 우동, 간토(關東) 소바'라는 말이 유행할 만큼 대중화 된 식품이다. 토질상 오사카(大阪) 중심의 관서지방은 밀이, 동경東京 중심의 관동지방은 메밀이 많이 생산된 곳이었던 모양이다.

일본에 닛신쇼쿠힌(日淸食品)이라는 식품회사가 있다. 2차 대전 종전 후인 1948년에 설립된 회사인데 창업주는 안도 모모후쿠(安藤百福)라는 사람이다. 이 회사가 바로 라면을 개발해 인류의 식생활에 큰 혁명을 가져온 주인공이다. 국수를 기름에

튀기면 국수 속 수분은 증발하고 국수는 익으면서 속에 구멍이 생긴다. 이 상태로 건조시켰다가 뜨거운 물을 부으면 구멍으로 물이 들어가 본래의 상태로 풀어지는 원리를 이용한 조리 방법이 곧 라면이다.

한자漢字로 납면拉麵이라 쓰는 이 국수는 휴대하기 편하고 조리하기 쉽고 값이 싼 탓으로 나래 돋힌 듯 팔렸다. 간단한 요깃거리 또는 간식용으로 안성맞춤이었다. 특히 시간에 쫓기는 샐러리맨과 야간 근무자들에게는 없어서는 안 될 필수품이 되었고, 등산객이나 여행자들이 꼭 챙기는 휴대 식품이 되었다. 라면이 이렇게 많은 사람의 식탁에 오르게 되자 상술과 응용술에 밝은 일본 사람들은 다양한 종류의 라면을 개발 생산하기 시작했다.

된장(미소) 국물 위주의 삿포로 라면, 간장(쇼유) 국물의 도쿄 라면, 돼지뼈와 멸치를 넣어 국물을 끓이는 기타카타 라면, 다시마와 뱅어포로 국물을 내는 오사카 라면, 닭뼈와 가다랑어포 야채를 오래 고아 하얗고 진한 국물이 특색인 규슈 라면 등 지역마다 특색 있는 라면이 있다. 일본은 얼마나 라면 종류가 많은지 NHK 방송이 인기 연예인을 내세워 전국의 맛있는 유명 라면식당을 순방하는 프로그램까지 만들어 방송했다.

나는 일본에 있었을 때 많은 종류의 라면을 모두 먹어 보았다. "서당 개 3년이면 풍월을 안다."는 격언처럼 라면마다 지니는 독특한 맛을 알게 되었고, 나아가 같은 라면이라도 끓이는 물의 양과 시간에 따라 맛이 달라진다는 조리법까지 대충 터득하게 되었다. 아마추어 라면 요리사가 된 셈이다. 가령 끓는 물 550밀리리터에 면과 분말스프 후레이크를 넣고 4분 30초 동안 더 끓인다는 원칙을 지키는 것 등이다.

또 라면은 배타적인 식품이 아니다. 여러 가지 재료를 섞으면 그 식재료에 따라 각기 다른 맛을 낼 수 있다. 라면 본연의 맛을 잃지 않으면서 다른 식재료의 맛을 살려주는 복합 음식물이라 할 수 있다. 나는 라면을 먹을 때 식은 밥을 조금 곁들여 먹는 습관이 있다.

우리나라에서 라면이 처음 생산된 것은 1963년이었다. 보험회사 간부로 있던 전중윤 씨가 일본을 드나들면서 급속히 번지고 있는 라면을 보고 이것을 한국에 도입했다. 그래서 나온 것이 우리나라 최초의 라면 '삼양라면'이다. 보릿고개라는 말이 있던 가난한 시절이었다. 라면 한 봉지면 한 끼를 때울 수 있었으니 얼마나 좋은 식품인가. 그러나 값이 너무 비싸 아무나 먹을 수 있는 것이 아니었다.

초창기여서 시설을 갖추는 데 많은 돈이 들었고 널리 보급되기 전이어서 대량생산이 되지 않았다. 따라서 생산원가가 비쌌다. 당시 가격은 라면 한 봉지가 10원, 10원이면 많은 것을 살 수 있는 돈이었다. 그러나 그때의 우리나라는 쌀이 모자라 밀가루 음식과 잡곡을 장려하지 않을 수 없는 처지였다. 쌀이 남아도는 지금으로서는 생각하기 어려운 상황이다.

정부는 식량 타개책으로 할 수 없이 매주 수요일과 토요일을 분식粉食의 날로 정해 쌀 대신 밀가루 식품을 권장하는 정책을 폈다. 초창기에 고전을 면치 못했던 라면은 이런 배경 때문에 나래를 펴게 되었다. 삼양라면이 나온 지 2년 뒤인 1965년에는 농심의 전신인 '롯데라면'이 생겨 본격적인 경쟁이 시작되었다. 1966년에 240만 봉지였던 판매량이 1969년에는 1,500만 봉지로 3년간에 6배가 넘는 신장세를 보였다.

나는 KBS에 근무했을 때 큰 스포츠 행사를 두 번 치렀다. 1974년에 있었던 테헤란 아시안게임과 1976년 캐나다 몬트리올에서 열렸던 올림픽이었다. 30여 명의 방송중계 팀을 이끌고 현지에 가서 20여 일을 생활하게 되었는데, 준비해 가지고 가야할 식품의 첫째는 라면이었다. 세계의 내로라하는 남녀 선수들이 한 자리에 모여 기량을 다투는 경기여서 주최측이 제공해 주는 음식은 영양가 최고의 일등 식품들이었다. 그러나 음식은 아무리 좋은 것이라도 입맛에 맞아야 한다.

이란 사람들이 공들여 요리한 양고기와 캐나다 요리사들이 자랑하는 비프스테이크도 매일 먹다보니 신물이 났다. 그럴 때면 우리는 서울에서 가져간 라면을 끓여 입맛을 조절했다. 얼큰한 라면 국물과 졸깃졸깃한 면발을 씹는 그 맛은 그만이었다. 나는 지금도 그때 그 맛을 잊을 수 없다. 나만 그런 것이 아니었다. 선수들이 묵고 있는 선수촌에서도 라면을 먹어야 힘이 난다고 했다. 그만큼 라면은 이제 한국인의 뗄 수 없는 기호식품이 되었다.

또 미국을 여행했을 때 일이다. 나는 와이오밍 주에 있는 옐로스톤(yellow stone) 국립공원을 구경하고, 몬태나 주를 거쳐 캐나다 캘거리까지 자동차로 장거리 여행을 하게 되었다. 고속도로를 두 시간쯤 달려야 촌락이 하나 나타날 만큼 황량한 대지를 하루 종일 달리는 여행이었다. 도중에 휴게소가 나타

내 마음의 작은 동네

날 때마다 우리 일행은 라면을 끓여 먹었다. 캐나다에 가서도 로키산맥 산속을 여행하면서 계속 라면을 먹었다. 지금 생각해도 맛있는 음식, 멋진 여행이었다.

세계라면협회(World Instant Noodles Association)라는 단체가 있다. 라면 업자들의 이익 단체인데 일본에 그 본부가 있다. 이 협회는 매년 세계 각국에서 소비되는 라면의 실태를 공표하고 있다. 이 발표를 보면 2012년도의 세계 라면 판매량은 1천14억2천만 개, 처음으로 1천억 개를 돌파했다는 것이다. 세계 인구를 70억으로 보면 모든 사람이 한해 평균 15개씩 소비한 셈이다. 엄청난 양이다. 내용을 보면 한국의 소비량이 35억2천만 개로 중국, 인도네시아, 일본, 베트남, 인도, 미국에 이어 7위에 있으나, 인구 1인당 소비량을 보면 73개로 일본(43개) 중국(33개)을 제치고 단연 1위에 올라 있다.

이에 한국 라면 업계를 대표하는 농심에서는 1999년, 상금 규모 10억 원의 국제 바둑대회를 창설했다. '농심 신라면배 바둑대회'가 그것인데 한국·중국·일본의 국가대표 5명이 출전해 연승전 방식으로 대결하는 세계 유일의 국가대항 단체전이다. 바둑이 중국에서 생겼으나 그 기술을 일본이 발전시켰고 그것을 한국이 배워 꽃피운 것과 마찬가지로, 라면도 중국에서 발원한 면(국수)이 일본을 거쳐 한국에서 성업을 이루고 있는 형국이다.

라면은 이제 더 간편한 인스턴트식품으로 발전하고 있다. 2005년에는 우주왕복선 디스커버리호의 우주비행사를 위한 우주 식품, 스페이스 라면이 개발되었다. 또 조리 시간을 줄이고 먹고 난 후 설거지할 필요가 없도록 컵라면이 생겨났다. 5분 동안 끓일 필요 없이 끓는 물을 붓자마자 익혀져서 먹을 수 있게 만든 것이 컵라면이다. 라면을 건져 먹은 다음 컵을 버리면 끝난다. 설거지가 필요 없게 된다. 그래서 컵라면을 일명 전투식량이라고 한다. 총을 쏘면서 전투를 하면서도 먹을 수 있는 식품이라는 뜻이다.

우리 한국 사람에게 있어 라면은 각별한 추억을 준다. 가난했던 때의 식량, 보릿고개를 구원해 준 고마운 식품이었다. 뿐만 아니라 입에 맞지 않는 외국 음식을 먹고 속이 느끼하거나 신물이 날 때 정장제 역할까지 했던 식품이다. 그런데 인스턴트식품이 몸에 해롭다는 인식이 퍼지면서 라면이 도마 위에 오르고 있다. '짜다' '첨가물이 많다' '유해 식소가 들어 있

내 마음의 작은 동네

다'는 등 가공식품이 공통적으로 가지고 있는 혐의를 모두 뒤집어쓰고 있다.

그러나 커피 한 잔 값도 안 되는 싼값으로 한 끼를 때울 수 있는 식품이 라면 아니고 무엇이 있는가. 뭐니뭐니해도 라면은 장점이 많은 식품이다. 라면이 가공식품인 이상 유해 요소가 전무하다고 할 수는 없다. 그러나 우리가 먹는 음식물은 정도의 차이가 있을 뿐 유해 요인이 하나도 없는 것은 없다.

2006년의 일이다. 라면을 처음으로 개발해 세상에 내놓았던 주인공 안도 모모후쿠(安藤百福) 회장이 우리나라를 방문했다. 라면을 많이 먹으면 몸에 해롭다는데 어떻게 생각하느냐는 기자들 질문에 그는 다음과 같이 답변했다.

"세계에서 라면을 가장 많이 먹은 사람이 바로 납니다. 내가 이 나이까지 병들지 않고 건강하게 외국 여행을 하면서 장수하고 있으니 라면이 몸에 나쁜 것이 아니라 대단히 좋은 건강식품이라 할 수 있습니다."

안도 모모후쿠 회장의 이때 나이는 97세였다.

절을 찾아서

　나는 어릴 때 어머니를 따라 가끔 절에 갔다. 절이라고 해
야 암자보다 조금 큰 산사山寺였지만 집에서 걸어서 한 시간
거리에 있는 우리 집안 단골 절이었다. 그곳에 가면 추녀 끝
에서 들려오는 풍경 소리, 산 계곡을 흐르는 맑은 물소리, 멀
리서 들려오는 산새소리들이 그렇게 좋을 수가 없었다. 마음
이 편해지고 조용해지는 그런 소리였다. 특히 구성진 목소리
로 독경하는 스님의 염불 소리와 목탁 소리가 얼마나 듣기 좋
았는지 모른다.

　초등학교 졸업반이 되어서는 오대산 월정사로 수학여행을

가 사흘 동안 템플스테이를 한 적도 있다. 그때 스님 한 분이 우리들을 앉혀 놓고 부처님은 누구인가를 설법했는데, 잘 알아듣지는 못했지만 아는 것이 무척 많은 유식한 스님이라는 느낌을 받은 것이 지금도 생각난다. 나중에 커서 알게 된 일이지만 그때 그 스님은 우리나라 불교계에 이름을 남긴 유명한 학승 탄허呑虛 스님이었다.

어린 시절부터 이렇게 절을 알게 된 탓인지 지금까지 나는 절을 찾는 여행을 많이 했다. 신심信心이 부족해 아직까지 어떤 종교에도 신자는 되지 못했지만 종교를 공부하는 자세만은 늘 가지고 있다.

어느 종교이건 세 가지 요소를 갖추어야 한다. 섬기는 신神이 있어야 하고, 경전經典이 있어야 하고, 성직자가 있어야 한다. 불교에서는 이 3대 요소를 불佛 법法 승僧, 삼보三寶라 부른다. 절은 바로 이 삼보가 있는 곳이다.

우리나라의 경우 절에는 각기 그 격格이 있다. 신라 때 자장율사가 당唐나라에서 모셔왔다는 석가모니의 사리를 봉안하고 있는 절이 양산 영취산의 통도사通度寺이다. 그래서 이 절을 가장 높은 격의 불보佛寶사찰이라 한다. 이 절에 가보면 일주문에는 흥선대원군의 글씨로 된 통도사 문액門額이 걸려있고 두 기둥에는 '국지대찰國之大刹 불지종가佛之宗家'라는 글귀가 쓰여 있다. 이 절이 조계종 15교구의 본사 한국불교의 으뜸가는 종가라는 것을 알리는 간판이다. 특히 이 절은 석가모니 부처의 진신사리를 모시고 있어 대웅전에는 불상이 없다. 따라서 사리가 봉안된 이 절의 금강계단金剛戒壇은 한국불교의 최고 성소가 된다.

다음은 불교경전을 집대성한 팔만대장경을 가지고 있다 하여 합천 가야산의 해인사海印寺를 법보法寶사찰이라 한다. 팔만대장경은 우리나라 국보 중의 국보일 뿐만 아니라 온 세계가 인정하는 인류의 위대한 문화유산이다. 해인사는 이것 하나만으로도 대단히 격이 높은 절이다.

또 전라남도 순천에 있는 송광사松廣寺는 보조국사 지눌을 비롯, 역대로 16명의 국사國師를 배출한 절이어서 승보僧寶사찰이 되었다. 이와 같이 통도사 해인사 송광사의 세 절을 삼보사찰三寶寺刹이라 하여 그 사격寺格이 가장 높다.

나는 휴전선 가까이에 있는 강원도 최동북단의 화암사에서

땅끝마을이 있는 한반도 최남단의 해남 대흥사에 이르기까지 우리나라의 이름 있는 절은 웬만큼 가 보았다. 절을 찾아다 닌 결과를 통틀어 말하자면 몇 가지 특색을 추려 볼 수 있다.

우선 첫 번째는 우리나라 절은 그 터가 모두 빼어난 절경 속에 있다는 사실이다. 특히 산사山寺의 경우 그렇다. 절은 세 가지 유형으로 나누어 볼 수 있다. 평지가람형, 산중가람형, 석굴가람형이다. 그런데 우리나라 절은 대부분이 산중가람형 으로 산속에 있다.

그 이유는 우리 민족의 뿌리 깊은 산악신앙山嶽信仰과 관련 이 있다. 국토의 70%가 산으로 되어 있어 그런지는 몰라도 예 부터 산신령 등 우리의 토속신앙은 산을 숭배하는 데서 출발 했다. 거기에다 우리 불교가 세속을 벗어난 해탈을 추구하는 신종禪宗이어서 수도생활에 가장 적합한 장소가 바로 산이기 때문이기도 했다. 그리고 또 덧붙여 조선왕조 5백 년을 통해 일관된 숭유배불崇儒排佛 정책 탓에 평지에 있던 절이 산속으로 쫓겨난 결과이기도 하다.

역사를 들추어 보면 1406년(태종6), 산에 있는 사찰 242개 만 남기고 평지에 있던 절을 모두 없앴는가 하면, 1424년(세종6)에 이르러서는 남은 절마저도 대부분 철폐시켰고 승려의 도성 출입을 금지시키는 혹독한 탄압정책을 펴기까지 했다. 이와 같이 몇 가지 복합적인 요인 때문에 우리나라 절은 대부분이 산에 있게 된 결과가 되었다. 그러나 정치적으로 불교가 배척되고 탄압을 받았어도 민중 속에 뿌리가 박힌 탓에 종교로서의 불교는 쇠퇴하지 않았다. 오히려 조상숭배의 유교사상을 받아들여 그 힘이 더욱 커져갔다.

절에는 풍수가 깔려 있다고 한다. 땅과 산과 사람이 어떤 방식으로 교감했는가는 절에 가보면 안다고 한다. 강원도 양양에 있는 낙산사 의상대義湘臺에 가보면 이 말이 실감난다. 이곳에서 보는 푸른 바다 푸른 하늘이 맞닿은 수평선에 떠오르는 해오름 광경은 설필로 표현할 수 없는 감동을 준다. 절이 얼마나 명승지에 자리 잡고 있는가는 이 밖에도 몇 군데만 가보면 금방 알 수 있다.

경기도 남양주에 있는 운길산 중턱에 자리 잡은 수종사 마당에 서면 동남쪽으로 북한강과 남한강이 한데 어울러 유유히 흐르는 두물머리 물줄기를 한눈에 볼 수 있다. 산과 물이 녹아드는 천하절경이다. 또 경남 남해의 보리암에 가보면 한

려수도가 얼마나 아름다운 바다인가를 알게 해 준다. 특히 우리나라 바닷가에는 1천 년이 넘는 역사가 있는 관음사찰이 네 군데 있다. 동해 쪽에는 양양 낙산사의 홍련암, 서해에는 강화도의 보문사, 남쪽 바다에는 전남 여수의 향일암과 남해의 보리암이 그것이다. '관음觀音'이란 뜻은 소리를 본다(나타낸다)는 말인데 바닷가의 파도 소리가 소리의 상징이었던 것 같다.

우리나라 절이 아름다운 절경 속에 자리 잡은 것은 바다와 강이 없는 산속도 마찬가지이다. 경북 영주의 부석사는 무량수전無量壽殿으로 유명한 절이지만, 절 마당에 서면 태백산맥과 소백산맥을 한눈에 바라볼 수 있는 기막힌 곳에 자리 잡고 있음을 알 수 있다. 경남 고성 옥천사도 연화산 팔경八景의 명소 중심부에 있는 절이어서 절에 이르는 산길에 접어들면 푸른 녹음, 맑은 옥류, 깨끗한 청풍이 찾는 사람의 마음을 사로잡는다.

우리나라 절이 갖는 두 번째 특색은 국보로 지정된 문화재가 많아 절이 곧 역사박물관 역할을 한다는 사실이다. 특히 해인사에 있는 국보32호 팔만대장경은 우리만의 자랑이 아니라 세계가 경탄하는 인류 전체의 문화유산이다. 고려 때인

1236년부터 1251년까지 16년간에 걸쳐 188명의 조각가와 20여 명의 문필가가 동원되어 글자 획 하나도 틀리지 않게 제작한 이 판경版經은 인간의 능력을 초월한 신비의 산물로 평가받고 있다.

또 경주 불국사가 가지고 있는 다보탑(국보20호)은 석굴암 본존불과 함께 세계 미술사상 걸작 중의 걸작으로 평판이 나 있다. 그러나 기단基壇 네 귀에 네 개의 돌사자상이 있었으나 세 개를 일본이 약탈해 가 지금은 하나밖에 없다. 볼 때마다 가슴이 아프다. 다보탑 맞은편에 또 유명한 국보 석가탑(무영탑)이 있다. 백제에서 왔던 석공 아사달과 아사녀의 애절한 로맨스 전설이 있는 바로 그 탑이다.

이 밖에 절들이 가지고 있는 국보급 문화재를 열거하자면 너무 많다. 탑, 석등, 불상이 주된 대상이지만 특이하게 건축물도 국보로 지정된 것이 있다. 경북 영주 부석사의 국보18호인 무량수전은 고려 때 지은 우리나라에서 가장 오래된 목조건물의 하나로, 특히 그 기둥의 아름다운 배불림 양식은 강릉에 있는 임영관 객사문 기둥과 함께 고려 건축미의 백미로 꼽힌다. 국립중앙박물관장을 지낸 미술사학자 최순우 씨는 이

무량수전의 건축미에 매료되어 『무량수전 배흘림기둥에 기대 서서』라는 유명한 글을 남겼다. 그는 빛바랜 단청을 "그리움에 지친 듯 핼쑥한 얼굴"이라고 표현할 만큼 심미안이 뛰어난 학자였다. 배를 불룩하게 만든 기둥을 배불림이라 하지 않고 배흘림이라 표현해 많은 사람이 그렇게 부르고 있다. 뿐만 아니라 부석사는 자연과 완벽한 조화를 이루고 있다하여 절 건물 전체를 불교예술의 진수로 보는 사람도 있다.

또 전북 김제에 있는 금산사의 미륵전도 국보62호로 지정된 건축물이다. 3층으로 우뚝 선 그 위용이 대단한데 이곳이 바로 우리나라 미륵신앙의 본부이다. 우리나라 절이 가지고 있는 세 번째 특징은 수천 년을 이어 내려온 우리 조상의 토속신앙, 원시종교가 불교에 그대로 녹아들었다는 사실을 들 수 있다. 그리고 절마다 많은 전설과 설화를 가지고 있는데 여기에는 이 땅에 살았던 사람들이 절을 찾아 와 간절히 빌었던 애절한 염원이 묻어 있다.

절에는 전각들이 대개 고정되어 있다. 대웅보전, 극락전, 미륵전, 약사전, 관음전 등 웬만한 절이면 으레 있는 불교의 고유 전각들이다. 그런데 큰 절에는 이 밖에 삼성각三聖閣이라

는 전각이 있다. 정면 세 칸, 측면 한 칸 규모로 지어진 곳인
데 여기에는 산신山神 · 칠성七星 · 독성獨聖이라는 세 신을 모신
다. 작은 절에서는 한 칸씩의 조그마한 전각을 지어 세 신 가
운데 한 신을 모시는 경우가 있다. 모시는 신에 따라 전각 이
름을 산신각, 칠성각, 독성각으로 부른다. 그런데 이 전각과
모시는 신은 모두 불교와는 아무 상관이 없는 우리 민족 고유
의 토속신土俗神이다. 불교가 우리나라에 들어와 천 년 넘게 내
려오면서 우리 조상들이 그 이전부터 믿어 왔던 원시신앙의
토속신들을 흡수한 결과이다.

승보사찰로 격이 높은 순천 송광사에 가 보아도 이런 현상
이 있다. 절 마당에 들어서기 전 한쪽 구석에 오두막 두 채를
발견하게 된다. 하나는 '척주각滌珠閣'이고 다른 하나는 '세월
각洗月閣'이다. '척滌' '세洗' 두 글자가 모두 '씻는다'는 뜻이므로
절에 들어가려면 우선 이곳에서 마음과 몸을 깨끗이 씻고 들
어가야 한다고 생각하기 쉽다. 그러나 그게 아니다. 죽은 사
람의 넋을 씻어주는 곳이다. 척주각은 남자의 넋을, 세월각은
여자의 넋을 씻어주는 곳인데 이것도 불교와는 관계없는 우
리의 토속신앙에서 연유된 의식이다. 뿐만 아니라 계룡산 동

학사에는 단종 임금과 관련되어 무참히 살해된 충신 김종서와 사육신의 혼을 모신 '초혼각'이 있다. 이것도 유교에서 유래된 조상 묘당을 절이 흡수한 현상이다.

이 밖에 절에는 많은 전설들이 전해 내려온다. 『삼국유사』를 보면 지은이가 일연一然이라는 스님이어서 그런지 유명 사찰의 창건설화가 많이 쓰여 있다. 부처님의 사리를 모신 불보 사찰 통도사의 금강계단 자리는 원래 아홉 마리 용이 살았던 연못인데, 자장율사가 이를 쫓아내고 그 자리에 사리전을 세웠다는 전설이 있다.

경기도 양평의 용문사 입구에는 나이가 1천 년이 넘는다는 은행나무가 있다. 높이 40m, 둘레 14m에 이르는 엄청나게 큰 나무인데 우리나라에서 가장 큰 나무라 하여 천왕목天王木이라 부른다. 그런데 이 나무는 신라가 망하자 금강산으로 숨어들던 마의태자가 이곳에 머물다 가면서 꽂아 놓은 은행나무 지팡이가 뿌리 내려 생긴 나무라는 말이 전해져온다. 또 북한산 승가사에는 세종비 소현왕후가 마시고 중병을 고쳤다는 약수터가 있다. 강원도 오대산 월정사에는 세조의 목숨을 살렸다는 고양이 전설이 있다.

불교가 토속신앙과 융합되어 그 민족의 고유 종교처럼 바뀌는 현상은 우리보다 일본이 더 심하다. 일본은 전형적인 다신교多神敎 국가여서 신神이 많다. 산에도 있고 나무에도 있고 돌에도 있다. 삼라만상 모두에 신이 있다. 이런 현상을 '야오요로스노 가미(八百萬の神)'라 한다. 일본인의 토속종교인 신도神道는 이와 같은 바탕 위에 생긴 종교이다. 경전도 계율도 없는 자연숭배 상태의 원시 신앙이다.

이런 일본에 6세기 중엽, 불교가 들어왔다. 처음에는 마찰이 있었으나 그들은 곧 토속종교와 수입종교를 한 덩어리로 버무려 두루뭉술하게 만들었다. 이것을 그들은 신불습합神佛習合이라 부른다. 일본인들이 갖는 응용술의 천재적 능력이라 할 수 있다. 그래서 일본인들이 갖는 종교성은 배타적이 아니라 병존적이다. 같은 사람이 결혼식은 신사神社에서 하고 장례식은 절에서 한다. 불교와 신도의 혼효混淆 현상이다.

인도의 힌두교, 중국의 도교道敎 등에서 볼 수 있듯이 다신교는 다른 종교와 접근하기 쉽다. 불교는 원래 신이 없는 종교였지만 대승불교로 발전하면서 사바세계의 석가모니불 뿐 아니라 서방극락세계의 아미타불, 동방정유리세계의 약사불을 비롯해 삼세시방三世十方의 여러 부처 등 다신교가 되었다. 일본 고유의 다신교와 인도에서 수입된 다신교는 이래서 밀접해졌고, 일본 사람들은 아무런 모순이나 갈등 없이 신불神佛을 함께 믿는 상태가 되었다.

일본인의 집에 가보면 신을 모시는 '가미다나(神棚)'와 부처를 모시는 '붓단(佛壇)'이 나란히 설치되어 있는 것을 흔히 볼 수 있다. 신사 역할까지 하는 절이 있는가 하면 절 역할을 함께 하는 신사도 있다.

예를 들면 바쿠후(幕府) 정권을 만들어 일본을 통치했던 도쿠가와 이에야스(德川家康)의 무덤이 닛코(日光)라는 곳에 있다. 도쇼구(東照宮)라 이름이 붙은 그 사당祠堂 건물을 보면 신사인지 절인지 구별이 가지 않는다. 입구에는 신사의 정문인 도리이(鳥居)가 있는데, 경내에 들어서면 5층탑이 있고 혼백을 안치했다는 본당은 절 건물로 꾸며져 있다. 이런 예는 찾으면 많다. 도쿄에 간다(神田)라는 신사가 있는데 사람들은 이곳을 신사라 하지 않고 간다메이진(神田明神)이라 부른다. 신도와 불교를 합친 이름이다.

엄격한 일신교一神敎를 믿는 기독교국가이거나 회교국가에

서는 상상도 할 수 없는 일이다. 역사에 등장하는 십자군十字軍
전쟁을 비롯해 유럽의 장미전쟁, 30년전쟁 등이 모두 종교전
쟁이었고 지금도 세계를 소란하게 만드는 알카에다 테로 등
이 모두 종교 갈등에서 비롯된 분쟁이다. 그러나 다신교 국가
인 일본, 중국, 한국에는 종교전쟁의 전례가 없었을 뿐 아니
라 각 종교가 서로 그 존재를 존중하는 풍습까지 생겨 종교에
있어서만은 평화 공존지대라 할 수 있다.

　명치유신 직후 일본이 한때 국가정체성을 높이기 위해 그
들의 고유 종교인 신도를 국가 종교로 삼은 때가 있었다. 다신
교국가를 일신교국가로 만들려 했다. 신불판연령神佛判然令이
라는 이상한 법까지 만들어 합쳐졌던 신神과 불佛을 떼어내 불
교를 말소시키려는 정책을 썼다. 이때 천황을 신으로 숭배하
는 극단적인 일부 국수주의자들이 절을 습격해 불상을 파괴
하고 불경을 불사르는 행패를 부렸다. 이른바 폐불훼석廢佛毁
釋 현상이다.

　고대 일본의 수도였던 나라(奈良)에는 일본을 대표할 만한
유서 깊은 절이 셋 있다. 유명한 백제관음상을 봉안하고 있는
호류지(法隆寺), 세계에서 가장 큰 청동불상을 모신 도다이지(

東大寺), 7세기 중엽 일본 정치의 실권을 잡았던 후지와라 가마다리(藤原鎌足)가 세운 그 일족의 씨사氏寺인 고후쿠지(興福寺)가 그것인데 이 세 절이 모두 이때 큰 피해를 입었다. 그 중에서도 고후쿠지의 피해가 가장 심했다. 신관神官 출신의 소위 신위대神威隊라는 무장세력이 절을 쑥밭으로 만들어 버렸다. 국보급에 해당하는 불상 조각과 문화유산이 잿더미로 변했다.

이에 충격을 받은 전국의 불교 신도와 양식 있는 지식인들이 들고 일어나 정부정책을 비판, 공격했다. 심지어 도쿄제국대학 교수로 초빙되어 일본에 와 있었던 서양학자 페놀로사까지 불상을 빠개서 땔감으로 아궁이에 집어넣고, 오랫동안 전해져 내려온 불경을 찢어 가게에서 포장지로 쓰는 것을 보고, 자신들의 전통을 이렇듯 파괴해 버리는 일이 어떻게 가능할까 하고 일본인의 야만성을 개탄했다. 이것은 마치 중국의 홍위병들이 자기 나라의 문화유산들을 반동의 찌꺼기라고 닥치는 대로 때려 부순 문화혁명 때의 만행과 흡사한 행위였다.

그 후 일본은 정책을 바꾸어 정부 차원에서 파괴된 옛 절들을 수리 복원하는 데 힘썼다. 그래서 고후쿠지의 오중탑과 삼중탑이 보수되고 법회도 부활했다. 이 절에 가보면 국보관國寶

館을 따로 만들어 개관하고 있는데, 거기에는 요행히 화를 면하고 살아남은 불상들이 왕년의 이 절이 어떤 절이었던가를 말해 주고 있다. 일본 절이 우리와 다른 점은 단청丹靑이 없고 법당이 모두 컴컴해 화사한 맛은 없으나, 경건하고 엄숙한 분위기가 돋보인다.

중국에는 절뿐 아니라 석굴, 불상, 탱화幀畵 등 찬란한 불교문화와 유적이 많다. 나는 중국을 여행할 때마다 애써 이런 곳을 찾아다녔다. 우리나라에 불교를 전해 준 곳이 바로 중국이기 때문에 중국불교는 곧 한국불교의 원천이라 해도 과언이 아니다.

우선 낙양洛陽에 있는 백마사白馬寺부터 가 보았다. 중국에서 가장 먼저 세워진 절로 알려져 있다. 낙양이란 곳은 서안西安과 더불어 중국의 역대 왕조가 많이 도읍지로 삼았던 고도古都이다. 불교가 서역을 통해 중국에 전해진 것이 1세기 한나라(後漢) 때였고 그때 세운 절이 백마사였다고 전해진다.

중국의 국보로 지정된 절이어서 그런지 관광객이 많았다. 절 입구에는 불경을 싣고 왔다는 전설의 흰말이 화강석으로 만들어져 늠름히 서 있었다. 그리고 절 마당에는 처음으로 중국에 왔었다는 인도 출신 승려의 무덤이 있었는데 가짜 묘라는 것이 통설이다. 중국의 절은 어느 곳을 가 보아도 마찬가지지만 그 분위기는 우리나라와 사뭇 다르다. 조용하고 경건한 것은 전혀 없고 시장 바닥처럼 소연하고 번잡스럽다. 참배객들이 피우는 향香도 어찌나 많은지 그 연기에 눈이 따가워 앞을 제대로 못 볼 지경이었다.

낙양의 백마사가 전설에 근거한 절이라면 서안에는 역사에 등장하는 확실한 불교 유적들이 많다. 관광의 명소가 되어 있기도 한 대아탑大雁塔을 우선 들 수 있다. 당나라 때 삼장법사 현장玄奘이 인도에 가서 구해 온 경전을 번역한 곳이 이곳이다. 그리고 그 경전이 소실되지 않도록 보관하기 위해 만든 것이 이 대아탑이다. 높이 64m에 이르는 이 7층탑은 각 층에 아치형의 창이 만들어져 있어 당시의 건축미를 자랑하고 있는데, 이곳에는 당태종이 스스로 글을 짓고 당대의 명필인 저수랑褚遂良이 글씨를 쓴 '대당삼장성교서비大唐三藏聖敎序碑'라는 유명한 비석이 있다. 삼장법사의 무덤(墓塔)은 서안 남쪽에 있는 흥교사라는 절에 있는데, 여기에는 신라 승려 원측圓

測의 묘도 있다.

중국에는 신성시 하는 명산名山 다섯 개가 있다. 동쪽의 태산, 서쪽의 화산, 북쪽의 항산, 남쪽의 형산, 가운데의 숭산이 그것인데 이를 오악五嶽이라 한다. 무술영화 때문에 누구나 잘 아는 소림사少林寺는 바로 오악 중의 하나인 숭산에 있다. 낙양에서 당일치기 구경이 가능한 가까운 거리인데다 선禪불교의 발원지여서 찾는 사람이 많다. 내가 이 절에 갔을 때에도 우리나라 불교 신도 수십 명이 성지순례를 하고 있었다.

특히 이 절은 인도에서 온 승려 달마達磨가 9년 동안 벽을 향해 좌선했던 곳이어서 경내에 달마정이 세워져 있다. 거기에는 죽은 송장도 벌떡 일어나게 한다는 유명한 달마상이 그려져 있었다. 험상궂은 얼굴에 익살스럽게 부릅뜬 하얀 눈망울과 꾹 다문 입이 특징인, 우리나라에도 많이 있는 그 유명한 얼굴 그림이다. 또 백의전이라는 전각 벽에는 쿵후영화에 많이 등장하는 소림사 권법보拳法譜가 체계적으로 그려져 있었다.

소림사에는 이 밖에도 이 절에서 살았던 스님들의 공동묘지라 할 수 있는 탑림塔林이 유명하다. 1천여 년에 걸쳐 만들

내 마음의 작은 동네

어진 유골탑이 2백20개에 이르고 있다. 밀림처럼 빽빽이 늘어선 탑을 하나하나 보면 높이와 모양이 다른 것이 많은데, 그 가운데는 7층짜리 탑, 높이가 17m에 이르는 엄청나게 큰 탑도 있다.

소림사 탐방을 끝내고 절 밖으로 나오면 소림사권법을 가르치는 무술학교가 여러 개 있다. 초등학교 수준에서 대학 수준에 이르기까지 그 레벨이 구별되어 있고, 여기 다니고 있는 학생은 수천 명에 이른다고 한다. 나는 한 학교에 마련된 무술시범장을 찾아 실기공연을 두루 견학했다. 학교 당국자 설명에 의하면 이 학교 출신자는 취직이 잘되어 해마다 지원자가 늘고 있다는 것인데 주로 강력범을 단속하는 경찰관, 큰 기업체의 경비원, VIP의 경호원 등으로 취업이 된다고 했다.

소림사와 그 주변을 두루 구경하고 느낀 것은 역사가 오래된 절인만큼 꼭 봐 두어야 할 불교유산이 많은 것은 대단히 좋았으나, 지나치게 상품화 되고 있는 것 같아 좀 불만스러웠다. 선禪 불교의 종가다운 엄숙함과 경건함을 찾을 수 없었다. 세계적으로 유명한 TV 방송사와 영화사가 이곳에서 현지촬영을 자주 한다고 하는데 대부분이 쿵후 무술영화라 한다. 이런 것이 절의 상품화 현상을 부채질하고 있는 것 같기도 했다.

중국의 불교유적 가운데서 가장 으뜸되는 것은 아무래도 용문석굴龍門石窟이 아닌가 싶었다. 낙양 남쪽 30리 지점에 있는 이 석굴은 5세기 말엽의 북위北魏시대부터 당唐이 망할 때까지 4백년을 이어 조성된 굴이다. 그 규모는 중국 정부 조사에 따르면 남북 길이 1Km, 불동佛洞 1,352개, 불감佛龕 750개, 불탑佛塔 40개, 불상佛像 10만여 개로 엄청난 크기의 석굴이다. 이곳에 조성된 석불은 가장 큰 것이 높이 17m인가 하면 가장 작은 것은 2cm 미만의 것도 있을 만큼 다양했다.

우리나라 경주 토함산의 석굴암 불상과 일본이 자랑하는 나라(奈良) 도다이지(東大寺)의 불상도 그 원형이 모두 이곳에 있다. 산비탈에 동굴을 파고 거기에 불상을 조성하는 방법이 여기서부터 우리나라로 흘러온 것을 이곳에 와 보면 금시 알 수 있다. 특히 이 석굴은 시대별로 다르게 조성되었기 때문에 중국의 고대 역사와 예술의 발전 과정, 전통 서법書法의 변화 추세 등을 연구하는 데 귀중한 자료가 되고 있다.

양자강 남쪽 항주杭州에 있는 영은사靈隱寺도 유명한 절이다. 동진東晉시대인 326년에 세웠다고 하니 중국을 통틀어 가장 오래된 절의 하나이다. 특히 산문을 들어서면 30m가 넘는 높이의 대웅전과 그 안에 봉안된 거대한 금박 불상은 보는 사람을 압도한다. 특히 유명한 것은 절을 안고 있는 산의 천연동굴들인데 이 속에는 8세기에서 14세기에 걸쳐 만들어진 석각石刻 불상 3백8십여 개가 있다. 이 가운데서도 유명한 것은 배가 불룩하고 얼굴에 천진난만한 함박웃음을 띠고 있는 미륵상인데, 이 석상은 사진으로 많이 알려져 있다. 영은사는 바로 가까이 있는 아름다운 호수 서호西湖와 더불어 항주의 대표적인 관광명소가 되어 있다. 내가 이 절을 찾은 것이 오후 3시경이었는데 그때까지도 절 앞에는 사람들을 가득 태운 관광버스들이 길게 줄을 이으며 찾아 들고 있었다.

중국은 본토 뿐 아니라 대만臺灣에도 볼만한 절이 있다. 대만 남쪽에 있는 고웅高雄에는 불광사佛光寺라는 절이 있는데, 얼마나 그 규모가 큰지 압도당한다. 이 절이 들어앉은 산 전체가 절이라 해도 과언이 아닐 만큼 컸다. 성운대사星雲大師라는 고명한 스님이 장개석 총통의 지원을 받아 1967년에 완성했다는 절이다. 절뿐 아니라 경내에는 불교박물관, 불교대학 등 많은 부속 시설을 갖춘 종합적인 불교문화단지였다.

절 입구에 세워진 높이 36m의 대불상을 비롯해, 1만여 개의 관음보살상을 안치한 본전, 1만4천여 체의 불상을 봉안한 대웅보전 등 볼수록 놀라웠다. 나는 이 절이 세계에서 가장 그 규모가 큰 것이 아닌가 생각되었다. 경내가 하도 넓고 오르내리는 계단이 너무 많아 나는 전동차를 타고 다니면서 구경했다. 우리나라의 통도사와 자매결연을 했다는 절이기도 한데, 나는 절이 이렇게 클 필요가 있는가 하는 생각도 들었다. 그러나 그 넓은 중원 대륙을 빼앗기고 조그마한 섬으로 쫓겨온 사람들로서는 이렇게라도 큰 절을 지어 맺힌 한恨을 풀어 보고 싶었는지 모른다.

몽고蒙古 사찰도 가 보았다. 울란바토르 외곽에 있는 절인데 1920년대 초, 몽고가 공산화 되었을 때 승려 대부분이 학살당한 절이었다. 몽고는 러시아가 볼셰비키 혁명에 성공한 후 세계에서 가장 처음으로 공산주의 혁명을 한 나라여서 소련의 위성국 1호였다고 할 수 있다. 그래서 1990년대 민주화 혁명이 일어났을 때까지 가장 오랫동안 소련의 시녀노릇을 한 나라였다. 문자도 옛 몽고글자를 버리고 러시아 글자로 바꾸었다. 울란바토르 시내의 간판은 모두 옛날의 몽고문자가 아닌 오늘의 러시아 글자로 되어 있다.

몽고 불교는 밀교密教에 속하는 티베트 불교였다. 민주화된 후 갑자기 복구한 탓인지 오래된 냄새가 나지 않는 절이었다. 울란바토르는 해발 1,350m에 위치한 높은 지대에 있다. 그래서 티베트불교권에 있는 것 같다.

동남아시아는 말레이시아와 인도네시아를 빼면 모두 불교 국가라 할 수 있다. 그 가운데서도 불교가 가장 성한 나라가 스리랑카와 태국이다. 스리랑카는 젊은이 대부분이 일정 기간 절에서 승려 수도생활을 하는 습관이 있다. 마치 우리나라 젊은이가 병역의무를 치러야 하는 것과 비슷하다. 1970년대 초, 세계불교대회가 이 나라에서 열렸다. 나는 마침 이 대회를 취재할 기회를 얻어 스리랑카 절을 찾아볼 수 있게 되었다.

수도 콜롬보 북쪽에 캔디라는 도시가 있는데 이곳에 유명한 성치사聖齒寺(Tooth Temple)가 있다. 석가모니의 치아를 모시고 있다는 절로, 이 나라 불교도의 성지가 되어 있다. 내가 이 절을 찾았을 때는 마침 불교의 무슨 축제가 있는 날인데다 불교대회에 참가한 각국 사람들이 몰려드는 바람에 절은 온통 북새통을 이루었다. 간신히 절 안으로 들어가긴 했으나 제대로 구경도 못하고 인파에 밀려 왔다 갔다 했다. 지금도 아쉬웠다는 생각이 든다.

태국의 수도 방콕에는 화려한 절이 많다. 특히 왕궁 안에 있는 에메랄드사원에는 옥으로 만든 불상이 모셔져 있다. 높이가 60cm에 불과한 작은 불상이지만 보석으로 되어 있고, 여름과 겨울, 1년에 두 번씩 왕이 직접 불상의 옷을 갈아입히는 예불을 드리고 있어 가장 신성시하는 절이다. 일반인의 참배가 가능하도록 문이 열려 있어 누구나 구경할 수 있다.

그러나 태국을 대표하는 절은 방콕에 있는 왓포(wat pho)사원이다. 16세기에 세운 이 절은 그 규모가 클 뿐 아니라 세계 유일의 와불臥佛을 봉안하고 있다. 길이 46m, 높이 15m에 이르는 누워 있는 이 거대한 불상은 석가모니가 열반에 드는 것을 형상화 한 것인데, 그 바닥에는 인간의 108번뇌를 표시하는 그림이 그려져 있다.

이 밖에도 태국에는 32m 높이의 아미타불이 있는 인타라위한사원 등 볼만한 절이 많다.

나는 라오스의 비엔티안과 베트남의 사이공(지금은 호치민)

에 있는 절도 찾아보았다. 동남아시아의 불교사원은 대체로 화려하게 지어졌을 뿐 아니라 불상의 규모도 금빛 찬란한데다 그 규모가 엄청 컸다. 그러나 풍토와 문화가 우리와 많이 다른 때문이어서 그런지 친근감을 별로 느끼지 못했다. 엄숙하고 경건한 우리나라 절 분위기와는 큰 차이를 느꼈다. 남방불교에 대한 내 지식의 빈곤 탓이라 할 수밖에 없다.

공자기행 孔子紀行

공자孔子, 중국을 비롯해 동아시아 전체의 사상과 문화에 가장 큰 영향을 끼친 인물이다. 특히 우리나의 경우 그의 교리는 조선왕조의 통치이념이 되어 우리 생활을 구석구석 지배해 왔다.

배우고 때로 익히니 기쁘지 아니하냐(學而時習之 不亦說乎)

벗이 멀리서 찾아오니 또한 즐겁지 아니하냐(有朋自遠方來 不亦樂乎)

남이 나를 알아주지 않아도 노여워하지 않으니 참으로 군자가 아니겠느냐(人不知而不慍 不亦君子乎)

내 마음의 작은 동네

　『논어論語』의 첫머리에 나오는 공자의 말씀이다. 배우고 때때로 익히는 것을 빼면 인생에 무엇이 남는가. 생각할수록 논어 첫머리의 가르침은 모든 것을 응축한 진리의 진수眞髓라는 느낌이 든다.

　내가 인류의 이 위대한 스승 공자의 유적지를 찾은 것은 2012년 8월 하순이었다. 늦더위가 기승을 부릴 때였는데, 마침 태풍 예보도 있어 그다지 좋은 날씨가 아니었다. 중국 산동성 곡부曲阜에 있는 공자 유적지는 도시 한 블록을 차지할 만큼 아주 넓었다. 공묘孔廟 공부孔府 공림孔林의 세 구역으로 나뉘어져 있었는데, 이것을 통틀어 삼공三孔이라 부른다. 워낙 유명하고 오래된 유적이어서 1994년에 유네스코 세계 문화유적으로 모두 등록된 곳이다. 공묘孔廟는 제사를 지내는 공자의 사당祠堂, 공부孔府는 공자의 자손들이 대대로 살아온 동네, 공림孔林은 공자와 그 후손들 무덤이 모여 있는 묘지를 말한다.

　나는 먼저 공자에게 세시봉사歲時奉祀 제사를 지내는 공묘부터 찾아보았다. 궂은 날씨인데도 어찌나 많은 사람이 모여 들고 있는지 한참 동안 기다린 다음에야 입장 차례가 되었다. 중국이 개방정책을 쓴 후 많은 외국 관광객이 찾아오고 있는데, 곡부는 공자 유적지를 보려는 사람 때문에 사시사철 이렇게 붐빈다고 한다.

공묘는 공자가 죽은 지 1년 뒤 노魯나라 군주였던 애공哀公이 공자가 살던 집 3칸을 개축해 사당으로 만든 것이 시초였다고 한다. 그것이 세월이 흐르면서 역대 왕조의 많은 황제들이 경쟁적으로 참배, 증축을 거듭한 탓으로 지금은 그 넓이가 남북으로 1km, 총 면적이 2ha에 이를 만큼 넓어졌을 뿐 아니라, 이곳을 참배한 12명의 황제가 각기 전각을 세워 기념한 바람에 전체 건물의 방이 466개에 이를 만큼 큰 규모가 되었다. 그래서 공묘는 입구에서 대성전까지를 전원前院, 대성전에서 후문까지를 후원後院으로 나누고 있다. 또 공묘 경내에는 많은 문, 많은 다리, 많은 비석이 곳곳에 있는데 그 이름을 모두 『논어』와 『맹자』에서 따왔다고 한다. 예컨대 성시문聖時門, 앙고문仰高門, 벽수교壁水橋, 규문각奎文閣 등이다.

이렇게 엄청나게 넓고 큰 공묘의 중심 건물은 공자상像을 모시고 있는 대성전大成殿이다. 나는 이곳을 자세히 살펴보았다. 높이 32m, 폭 54m, 길이 34m의 이 건물은 28개의 돌기둥으로 받치고 있는데, 정면에 서 있는 10개의 기둥에는 구슬을 휘감은 두 마리의 용이 조각되어 있었다. 또 8각형으로 되어 있는 지붕은 모두 노란 유리 기와로 입혀져 있었다.

용과 황색 지붕은 황제만이 사용할 수 있는 장식인데 공묘는 이것이 허용된 특수케이스라 한다. 따라서 이런 장식을 한 건물은 중국 전체에서 북경 자금성의 태화전太和殿, 태산의 천황전天貺殿과 더불어 공묘까지 셋밖에 없는 성스러운 건물이 되었다. 대성전 중앙에는 '지성선사至聖先師'라는 편액과 함께 그 안에 공자상이 있었다. 그리고 그 양편으로는 사배四配라 하여 안회顔回, 증참曾參, 자사子思, 맹자孟子의 조상彫像과 12철哲로 꼽는 민손, 염옹, 단목사를 비롯해 송나라의 주자朱子에 이르기까지 중국 유교의 선현들이 모셔져 있었다.

나는 불현듯 서울의 성균관 대성전이 생각났다. 중국 곡부 바로 이곳에서 싹튼 공자의 교리가 그가 죽은 지 1천9백년 뒤 조선왕국의 통치 이데올로기가 되어 조선 천지를 지배했던 것을 생각하니 새삼 기분이 묘해졌다. 서울 성균관 대성전에도 공자가 모셔져 있고, 그 옆에는 공자의 가장 충직했던 조선인

제자 18명이 배향되어 있다. 최치원, 설총, 안향, 정몽주, 김
굉필, 정여창, 조광조, 이언적, 이황, 김인후, 이이, 성혼, 김
장생, 조헌, 김집, 송시열, 송준길, 박세채 등 이른바 해동십
팔현海東十八賢이 바로 그들이다.

나는 곡부에 있는 공묘에서 공자상을 보면서 새삼 생전의
공자와 그가 죽은 후의 유교를 생각하게 되었다. 공자가 지금
내가 서 있는 이곳에서 태어난 것은 B.C. 551년, 석가모니가
인도에서 태어나기 7년 전이고, 소크라테스가 그리스에서 태
어나기 82년 전의 일이다. 공자는 자기가 학문적 성장을 어떻
게 해 왔는가를 『논어』에서 다음과 같이 밝혔다.

"나는 열다섯 살에 학문에 뜻을 두었고 서른 살에 독립했다. 마
흔 살에 망설이지 않게 되었고 쉰 살에 천명을 알게 되었다. 예
순 살에 남의 말을 순순히 듣게 되었고 일흔 살에 마음 내키는
대로 좇아도 법도를 넘어서지 않게 되었다."

우리가 지금도 흔히 쓰고 있는 '사십불혹四十不惑'이니 '육십
이순六十耳順'이니 하는 말은 바로 공자의 이 말에서 연유된 것

내 마음의 작은 동네

이다. 여러 기록을 종합해 보면 공자의 학식이 세상에 알려지게 된 것은 30대 후반부터였다. 그에게 찾아오는 제자가 생긴 것도 이 무렵인 것 같다. 공자는 익힌 학문을 현실 세계에서 활용하고 싶었다. 그는 이상주의자였지만 실용주의를 추구했던 행동파 학자였다.

그는 나라(魯) 정치에 개입했으나 정변에 휘말려 외국으로 망명, 14년이란 긴 세월을 이 나라에서 저 나라로 떠도는 유랑객 신세가 되었다. 춘추시대로 알려진 당시의 중국은 주周나라의 통치력이 없어지고 많은 제후국諸侯國들이 서로 분열되어 패자覇者를 다투고 있을 때였다. 인의예지仁義禮智의 도덕정치를 표방했던 그는 아무 나라에서도 기용되지 못했다. 실의에 빠진 채 69세의 늙은 나이로 고국에 돌아왔다. 좌절의 인생이었다.

쓸모없는 노인이 되어 고향에 돌아온 그는 가혹한 인간적 불행을 맞았다. 그 동안 집을 지켜왔던 아들 백어伯魚가 갑자기 죽었다. 그리고 뒤이어 공자가 자기 후계자로 지목했던 제자 중의 제자 안회顔回가 죽었다. 불행의 연속이었다. "아, 하늘이 나를 버리는구나. 하늘이 나를 망치는구나(噫 天喪 子 天喪

子)."『논어』에는 공자가 이렇게 하늘을 향해 한탄했다고 쓰여 있다. 견디기 힘든 충격 때문이었는지 공자는 병이 들었다. 그래서 고향에 돌아온 지 4년 후 향년 73세로 세상을 떠났다. B.C. 479년이었다. 나중에 중국을 통일하게 되는 진시황秦始皇이 태어나기 220년 전의 일이다.

나는 공묘를 다 본 다음 공자의 무덤이 있는 공림孔林을 찾아갔다. 곡부 도성 북문에서 북쪽으로 1.5km 떨어진 곳에 자리 잡은 공림은 공자를 비롯해 77대 후손에 이르기까지 15만여 명의 묘가 빼곡하게 들어앉은 씨족묘지였다. 이곳은 아마 세계에서 가장 규모가 큰 단일묘지가 아닌가 생각되었다.

공림 앞 광장에는 관광객에게 물건을 팔려고 따라다니는 잡상인들이 많았다. 날씨가 무더워서 그런지 싸구려 부채를 많이 팔고 있었다. 나와 우리 일행이 한국인인줄 알았던지 행상인들이 길을 막으면서 "싸다 싸다 한 개에 천 원 천 원" 하면서 소리를 지르며 사라고 했다. 나는 우리 돈 1천 원을 주고 부채 한 개를 샀다. 공자를 팔고 사는 상인들이어서 상품이 온통 공자 투성이였다. 내가 산 부채를 펴 보니 '세계문단거성世界文壇巨星 중국문화시조中國文化始祖'라는 글귀가 양 끝에 쓰여 있고, 공자 초상 옆에 '학이불염學而不厭 회인불권誨人不倦'이란 『논어』의 글귀가 쓰여 있었다. 나는 공림에서 산 이 부채를 기념으로 가져와 지금 내 서재에 놓아두고 있다.

공림의 주인공이 공자이므로 묘가 우리나라 왕릉처럼 클 것으로 예상했으나 막상 앞에 서 보니 그렇지 않았다. 일반 묘보다 2~3배 정도 컸다. 다만 무덤 앞에 '대성지성문선왕묘大成至聖文宣王墓'라는 큰 묘비가 서 있어 공자묘임을 알리고 있었다. 공자의 묘 앞쪽에 아들과 손자(子思)의 묘가 나란히 있었고, 공자 무덤 바로 곁 와방瓦房 앞에 특별한 비석이 하나 있었는데, 거기에는 '자공여묘처子貢廬墓處'라는 글자가 새겨져 있었다. 공자가 죽자 그 제자들이 이곳에 장사지내고 3년간 묘살이를 했는데, 자공子貢만은 3년간 더 묘살이를 했다. 그것을 알려주는 석비였다.

또 묘 동쪽에는 작은 정자가 셋 있는데 송나라 진종황제, 청나라 강희황제, 건륭황제가 여기 와서 공자묘를 참배했을 때 쉬던 곳이라 한다. 공림은 그 넓이가 엄청 컸다. 공묘의 10배, 이곳에는 3,600개의 묘비가 있다고 안내서에 쓰여 있다.

많은 관광객이 공자묘 앞에 모여서서 기념사진을 찍느라

북새통을 이루고 있었다. 나는 틈바귀에 끼어 공자가 죽어 이곳에 묻힌 이후의 공자와 그 제자들 그리고 그 교파教派가 걸어온 역사를 다시 반추해 보았다.

공자가 죽은 후 그의 제자들은 뿔뿔이 흩어졌다. 학통과 조직을 이어 받은 후계자가 없었기 때문이고, 아직은 공자학파의 세력이 널리 알려지지 못한 탓이었다. 그 후 세월이 흐르면서 여러 갈래로 나누어졌던 공자학파 가운데서 '맹자孟子'와 '순자荀子'가 나타남으로써 공자는 다시 살아나기 시작했다. 흔히 말하기를, 공자의 제자 중 실천파였던 증자曾子 계통에서 맹자가 나왔고, 학술파였던 자하子夏 계통에서 순자가 배출되었다고 한다. 그러나 전문학자들의 견해를 종합해 보면 공자의 학맥을 이어 가도록 불씨를 살린 최대의 공로자는 공자의 손자 자사子思였다고 한다. 그가 맹자를 길러냈다는 것이다.

만약 자사가 없었더라면 맹자가 생겨나지 않았을 것이고, 맹자가 없었더라면 유교는 대가 끊겨 소멸되었을 것이라는 것이 일반적 정설이다. 서양 철학사에서 소크라테스가 시조라면 그 철학을 꽃피운 플라톤을 중흥지주中興之主로 보는 것과 같이, 맹자는 공자의 철학을 개화시킨 중흥지주라 할 수 있다. 그래서 유교를 흔히 '공맹지교孔孟之敎'라 일컫는다. 맹자는 사람은 누구나 그 바탕이 착하다는 성선설性善說을 주장했고, 순자는 반대로 바탕이 악하다는 성악설性惡說을 주장했다. 그래서 맹자는 유교의 전통을 확립했고, 순자는 한비韓非 이사李斯 등 법가法家를 파생시켰다.

아무튼 이런 곡절을 겪으면서 공자의 후계 집단은 발전해 나갔다. 진秦나라가 중국을 통일한 후 한때 갱유분서坑儒焚書로 일컬어지는 모진 박해를 받았으나, 한漢나라가 탄생하면서 공자와 그의 교파는 화려하게 부활했다. 공자는 망명생활을 하는 등 불우하게 일생을 보낸 사람이었지만, 그가 죽은 지 3백년 뒤인 서기 2세기경 한무제漢武帝 때에 이르러 유교는 국교國敎가 되었다. 따라서 교주인 공자는 성인聖人으로 왕후王候 반열에 올랐다. 그래서 사마천司馬遷은『사기史記』에 공자세가를 자세히 기록하게 되었고, 제자열전에는 77명에 이르는 공자의 제자 이름이 모두 오르게 되었다.

생전의 공자는 자기가 죽은 후 이렇게 받들어지리라고는 생각지 못했을 것 같다. 유교 경전의 으뜸인『논어』는 공자가 제자들에게 문답식으로 가르친 어록을 편찬한 것인데, 누구에 의해 만들어졌는가는 분명치 않다. 기독교의 성서, 불교의 경전이 모두 예수와 석가모니가 죽은 후 그의 제자들에 의해 만들어진 것과 흡사하게 이루어진 것이라고 보면 된다. 공자와 그가 남긴 유교는 이렇게 한漢나라의 통치 이데올로기가 된 이래 2천 년을 이어 오면서 중국의 황제 지배체제의 이념적 지주 역할을 하게 되었다.

공자가 묻혀 있는 공림에 와 보고 새삼 알게 된 것은 중국과 우리나라의 묘지문화가 많이 다르다는 사실이었다. 우리나라는 묘지를 잘 가꾼다는 것은, 묘를 덮은 잔디가 잘 살 수 있도록 그늘을 만드는 나무를 가능한 한 베어내고, 잔디에 잡초가 끼어들지 못하도록 벌초를 깨끗이 하는 것이 원칙이다. 그러나 중국은 무덤 위에 잡초와 나무가 잘 자라도록 해야 자손이 번창한다는 믿음이 있어 될 수 있는 한 무덤을 가꾸지 않는다. 그래서 공자의 무덤 위에는 측백나무와 많은 잡초가 무성히 자라고 있었다.

이런 현상은 내가 오래전에 서안의 진시황릉과 낙양에 있는 관우묘를 구경했을 때에도 목격한 일이다. 서안의 진시황릉은 워낙 커서 릉 위가 과수원이 되어 있었고, 낙양의 관우 무덤 위에는 오래된 측백나무가 몇 그루 있는 것을 본 일이 있다.

공자와 그의 유교는 근세에 접어들면서 두 번의 시련을 겪었다. 첫 번째는 1919년의 5·4운동 때였다. 신해혁명辛亥革命으로 중국 역사상 처음으로 공화정치가 시작되었으나, 일본의 침략 등 제국주의 세력들이 중국을 넘보게 되자 중국 지식계급이 선도적 역할을 하면서 반봉건反封建, 반제反帝, 반침략 민주운동을 일으킨 것이 5·4운동이다. 이때 공자와 유교가 몰매를 맞았다.

'공가점 타도孔家店 打倒'라는 기치를 들고, 유교를 식인食人의 교라고 매도한 지식인 가운데는 모택동 주은래 등 젊은 공산주의자 뿐 아니라 호적胡適 루쉰魯迅 등 대표적인 지식인도 많이 포함되어 있었다. 이들이 유교를 규탄한 이유는 충군효친忠君孝親 사상이 황제 봉건체제와 가부장 제도의 횡포를 옹호 합리화 시켰을 뿐 아니라, 공자는 역대 전제군주의 사부師父 노릇을 한 존재였다는 것이다. 만민평등의 민주주의를 하려면 봉건적 위계질서와 관존민비사상을 합리화하는 공자와 유교 타도가 급선무라는 주장이었다.

　5·4운동이 있은 지 47년 뒤인 1960년대 후반 공산당이 집권한 중국에서는 문화혁명이라는 폭풍이 불었다. '비공비림非孔非林'이라는 기치를 들고 거리에 뛰쳐나온 홍위병들은 과거 그들 조상들이 이룩해 놓은 문화유산을 봉건제도의 찌꺼기라면서 닥치는 대로 파괴했다. 이것이 두 번째 당한 유교의 수난이었다. 내가 지금 구경하고 있는 공자 유적지를 자세히 살펴보면 그때 상처가 아직도 곳곳에 눈에 뜨였다. 공묘와 공림의 공자무덤 앞에 세워진 비석들이 가장 큰 수모를 당했던 것같다. 몇 갈래로 쪼개진 것을 이어 붙인 자국이 선명했는데 이것은 그때 철퇴를 맞고 파괴되었던 상처의 흔적이라 했다.

　그러나 모택동이 죽은 후 중국이 개방정책을 택하면서 공자 유적지는 말끔히 복구되었다. 뿐만 아니라 1992년 장쩌민江澤民 주석이 공림을 방문했고, 2013년 11월에는 새로 주석이 된 시진핑習近平이 공부를 방문했다. 중국 국력이 강해지면서 나타난 변화라 할 수 있다. G2의 자리를 확보한 중국은 많은 속방을 거느렸던 왕년의 중화대국을 꿈꾸고 있을지도 모른다. 그렇다면 '공자 재평가'라는 기치를 내세워 공자 부활운동이 벌어질 날도 멀지 않을 것 같다. 시진핑 주석이 공부를 방문한 자리에서 "중화민족은 역사가 유구한 전통문화가 있고 반드시 새로운 휘황한 중화문화를 창조해 낼 것이다."라고 강조했는데 이것이 그 전조일지도 모른다.

모택동이 공자를 일컬어 봉건제후의 이익을 대변한 유심론 사상가로 평가했던 것이 앞으로 또 어떤 명분의 사상가로 변모할지 궁금해진다. 나는 이런 생각을 하면서 마지막 유적지 공부를 찾았다. 이곳은 공자 직계 자손들이 살아온 집성촌이다. 곳곳을 돌아보면 그 넓이가 웬만한 지방 도시에 맞먹을 만큼 크다. 152개의 건물이 산재해 있다. 유교를 관학官學으로 삼았던 역대 왕조가 공자 자손들의 거주지를 늘려 주고 특별 혜택을 준 탓인데, 송宋나라 때부터는 종손 맏이에게 '연성공衍聖公'이라는 칭호와 작위까지 주어 사실상 이 공부는 치외법권의 특별구 노릇을 했다고 한다.

마지막 연성공이던 77대 종손 공덕성孔德成은 중국이 공산화 되자 1949년 대만으로 망명하여 2008년 그곳에서 사망한 것으로 알려져 있다. 그런데 공자 후손들은 이곳에서 지금도 '공부가주孔府家酒'라는 유명한 술을 만들어 막대한 이익을 남기고 있다는 것인데, 이 술은 우리나라에도 들어와 있다. 세계 3대 성인의 하나로 추앙받는 공자의 자손들이 공자 이름이 붙은 술을 팔아 이윤을 남기고 있다니 역사는 늘 이런 아이러니를 남기는 모양이다.

나는 공자 유적지 세 곳을 골고루 살펴보면서 공자가 조선에 와서 신神으로 승격된 자초지종을 또 생각하게 되었다. 공자가 우리나라에 처음 알려진 것은 퍽 오래전 일이다. 서기 285년에 이미 백제의 왕인王仁이 『논어』와 『천자문』을 가지고 일본에 가서 유교를 전파했다는 기록이 있는 것으로 보아, 삼국시대 초기에 벌써 공자가 알려진 것 같다. 그러나 그때에는 공자가 제자백가諸子百家 중의 하나였을 뿐이었다. 공자의 유교가 본격적으로 도입 연구되기 시작한 것은 고려 말엽부터였다.

고려를 뒤엎고 조선왕조를 세운 당시의 혁명세력은 고려의 부패가 불교 타락에서 시작되었다고 보았다. 그래서 불교 대신 유교의 왕도정치를 새 왕조의 통치 이데올로기로 삼게 되었다. 이때의 유교는 주자朱子에 의해 재정립된 주자학적 유교였다.

여진족이 세운 금金나라에 의해 송나라가 망하자 황자 한 사람이 양자강 남쪽 항주杭州에 망명정부를 세웠다. 이 나라가 바로 남송南宋이다. 12세기 때의 일이다. 한족漢族 입장에서 보면 중원대륙이 오랑캐에게 점령되고 유교가 맥이 끊겨 암흑세상이 된 셈이다. 이런 처지에서 생겨난 것이 바로 새로운 유교이다. 이것을 송학宋學이라 하는데 이 가운데서도 주자에 의해 완성된 성리학이 공자 이래의 유교 도통道統을 잇는 정통유학이 되었다.

조선왕조가 통치이념으로 삼은 유교는 바로 이 주자학이었다. '이기론理氣論'에 입각해 주자는 유교의 4대 경전인 『논어』 『맹자』 『대학』 『중용』을 자세히 풀이한 『사서집주四書集註』를 저술했는데, 이것이 바로 조선조의 유학을 지배한 불가침의 성서가 되었다. 조선조의 선비들은 과거시험을 보려면 이 주자 학설을 외워야 했다. 주자와 다른 각도로 공자나 맹자의 학설을 해석하면 가차 없이 사문난적斯文亂賊으로 몰려 관직을 박탈당하거나 목숨을 잃었다.

좋은 예가 조선조 중기에 일어난 윤휴 사건이다. 남인에

속했던 선비 윤휴는 주자가 해석한 '중용中庸'에 문제가 있다고 고쳐 해석했다. 이에 서인 노론의 영수 송시열이 따져 묻자, 윤휴는 "천하의 이치를 어찌 주자 혼자 알고 나는 모른다는 말이냐."고 항변했다. 송시열은 여기 대해 "하늘이 공자에 이어 주자를 낳은 것은 만세의 도통道統을 위한 것이다. 주자 이후에는 밝혀지지 않은 이치가 하나도 없는데 윤휴가 감히 자기 견해를 마음대로 세워 방자하게 행동한다."고 규탄했다. 이런 곡절을 겪은 끝에 윤휴가 급기야 처형되자 그 후부터 공자에 대한 주자의 해석은 아무도 비판할 수 없는 신성 불가침한 것으로 떠받들어졌고 공자는 성인의 경지를 넘어 신으로 모셔졌다.

조선조의 이 유일사상은 유교가 전파된 아시아 어느 나라에도 없는 독특한 현상이었다. 종주국인 중국에도 공자를 해석하는 데 있어 주자와 다른 왕양명의 학설이 큰 학파를 이루어 주자학과 함께 공존했다. 그러나 조선에서는 주자와 다르다는 이유로 양명학은 이단異端으로 철저히 배제되었다. 편협한 이념에 집착한 조선의 정치는 극심한 당쟁만 유발했고, 시대 변화에 대처해야 할 신축성을 잃어 급기야 망국의 한을 남

내 마음의 작은 동네

기고 말았다. 돌이켜 보면 조선왕조는 임진왜란과 병자호란
이라는 극한적 상황을 두 번이나 겪으면서도 교조주의를 벗어
나지 못하는 어리석음 때문에 교훈과 기회를 모두 놓치고 말
았다. 생각할수록 아쉬움이 남는다.

조선조 말기, 나라의 존립이 위태로워지자 우리나라에서도
유교가 비판의 대상이 된 적이 있기는 하다. 선봉에 섰던 신
채호 같은 지사는 유교가 복종을 가르치는 노예의 도덕이라
고 매도하는 등 네 가지 폐풍을 조목조목 예시하면서 구국운
동을 선동했으나 큰 세력을 형성하지 못했다.

또 일본 식민지가 된 후에도 유교를 비판하는 공자파동이
몇 번 있었다. 그 대표적인 예가 1920년에 있었던 동아일보
필화사건이다. 창간된 지 얼마 되지 않은 동아일보는 기명논
설로 「가짜 명나라 사람 머리에 몽둥이질(假明人 頭上에 一棒)」이
라는 글을 싣고 한국인의 머리에 찌든 중국 숭상의 사대주의
를 신랄하게 비꼬면서 비판했다.

이 글 가운데 "공자의 목을 먼저 베고 그 후에 죄를 물으리
라(先斬孔丘後問其罪)."라는 구절이 있었다. 만약 공자가 군대를
끌고 침략해 오면 어떻게 해야 하는가 하는 가상에 대해 대처

하는 방법을 논한 내용이다. 그러나 이 표현에 대해 전국의 유림세력이 벌떼처럼 일어나 항의했다. "공자의 목을 베어 나라를 지킨다니?" 유림들은 신문사가 사과를 거부하자 전국적인 불매운동을 전개했고 이 사태에 책임을 지고 취임한 지 두 달밖에 되지 않은 사장 박영효가 사퇴하는 사태로 번져나갔다.

　조선에 뿌리 내린 공자와 그의 가르침인 유교는 많은 공과를 빚어내면서 오늘에 이르렀다. 어떤 학자는 말하되 "우리나라에는 유교의 경전을 훌륭히 가꾼 업적은 찬란했으나 유교가 추구한 현실은 하나도 없었다."는 것이다. 나는 공자 유적지를 이리저리 답사하면서 이런 여러 가지 상념이 머릿속을 오락가락해 답답함을 떨쳐내지 못했다.

태산에 오르다

세계에는 이름 있는 산이 많다. 높은 산, 아름다운 산, 신성한 산 등 여러 산이 있다. 히말라야의 에베레스트는 높이가 8,848m에 이르는 세계에서 가장 높은 산으로 유명하다. 또 유럽 알프스의 몽블랑과 융프라우는 4,000m가 넘는 높이인데도 케이블카와 톱니바퀴 궤도차가 운행되고 있어 스키를 즐길 수 있는 산이어서 찾는 사람이 많다.

그러나 높지도 크지도 않으면서 가장 신성한 곳으로 이름 난 산은 중국 산동성에 있는 태산泰山이다. 특히 동부아시아에 있어서 그렇다. 이 산이 얼마나 역사적으로 유명했는가는 우리가 흔히 쓰는 일상용어를 보면 알 수 있다. "태산이 높다 하되 하늘 아래 뫼이로다."라는 옛 시조가 있는가 하면, 티끌 모아 태산이니, 근심이 태산 같다는 등 태산은 엄청나게 큰 것으로 이미지가 굳어져 있다.

태산에 대한 이러한 이미지는 중국이나 일본 사람에게 있어서도 공통된다. 온 세상을 떠들썩하게 했던 어떤 일이 결과적으로 아무것도 아닌 시시한 것으로 끝난 것을 일컬어 '태산명동서일필泰山鳴動鼠一匹'이라 하고, 어떤 것의 최고를 '태두泰斗'라 한다. 이것은 모두 '태산'에서 유래된 말인데 한문 문화권에서는 어디서나 쓰는 관용어로 굳어져 있다. 그만큼 태산은 예부터 우리 생활과 깊이 관련된 산이다.

나는 곡부의 공자 유적지를 탐방하는 길에 태산도 함께 찾아보았다. 곡부에서 자동차로 1시간 30분 거리였다. 넓은 중국 땅에서는 지근거리라 할 수 있다. 태산은 그 높이가 1,532m에 지나지 않는 산이다. 우리나라의 한라산(1,950m) 보다도 낮은 산이다. 그러한 산이 크고 신성시되는 이유는 중국의 역대 황제들이 이곳에서 하늘에 제사를 지내는 전통 때문이었다.

중국 황제들은 천자天子를 자임했다. 하늘을 대신해 백성을 다스린다는 뜻이다. 정치학에서 말하는 왕권신수설王權神授說의 표본이라 할 수 있다. 태산 밑 시가지 태안에는 옛날 황제의 의식이 거행되었던 대묘岱廟가 있다. 이곳 천황전에서 거행되었던 황제의 의식은 두 가지로 나누어 치러졌다. 먼저 산 밑에서 지신地神에게 제사를 지낸다. 이것을 선禪이라 한다. 그리고 산 위에 올라 하늘(天神)에 제사를 지낸다. 이것을 봉封이라 하는데 이 두 가지 의식을 하나로 묶어 '봉선의식'이라 한다.

중국 역대 황제 중 이곳 태산에 와서 봉선의식을 가졌던 황제는 진시황을 비롯해 한나라 무제, 광무제, 당나라 고종, 현종, 청나라 건륭제 등 모두 합쳐도 72명에 지나지 않는다. 중국의 역대 황제 총수는 진나라 시황제부터 청나라 마지막 황제였던 선통제까지 495명에 이른다. 이 가운데서 태산에 올라 봉선의식을 가졌던 황제는 72명이었으니 20%에도 미치지 못한다. 이것으로 보아 봉선의식은 퍽 까다로운 조건과 절차가 있었던 모양이다.

봉선의식을 통해 황제는 "하늘과 땅을 섬기고 백성을 평안하게 한다."는 요지의 옥첩서玉牒書를 읽은 뒤 이를 비밀리에 매장했다. 지금까지 땅속에서 옥첩서가 발굴된 것은 당나라 현종의 것 등 2종 뿐이라고 한다. 이 옥첩서는 현재 대만의 고궁박물관에 보관되어 있는데 아직껏 한 번도 공개된 일이 없다는 것이다.

태산을 제대로 보려면 걸어서 올라가야 한다. 입구에 있는 홍문이 그 시발점이 된다. 울창한 숲속을 지나 돌계단을 올라가면 중턱의 중천문에 이른다. 천천히 걸으면 3시간 남짓 걸린다. 그러나 지금은 관광버스가 여기까지 통행한다. 나는 등산복도 없이 온 관광객이라 버스로 중천문까지 갔다. 그리고 여기서 산위 남천문까지 케이블카를 타고 올라갔다. 10분쯤 걸렸다.

태산은 찾는 사람이 많아 등산길이 아주 잘 정리되어 있었다. 케이블카에서 내려다보니 산에 오르는 돌계단이 많았다. 밑에서 정상까지 7,412단의 돌계단이 놓여 있다고 한다. 길이 9km에 이르는 이 등산로 양쪽에는 중국 역대 왕조의 다양한 서체가 새겨진 비석이 늘어서 있는데 케이블카를 타면 이런 문화유산들을 볼 수 없게 된다. 나는 몇 번이나 망설였지만 도저히 걸어서 등산할 형편이 못 되었다. 할 수 없이 케이블카를

내 마음의 작은 동네

타고 산에 올랐는데 지금도 아쉬운 생각이 든다.

태산은 정상에 올라보면 큰 돌산이다. 가는 곳마다 큰 돌이 있고 돌마다 무엇인가 글자가 새겨져 있다. 중국인은 우리처럼 많은 신神을 믿는 다신교 민족이다. 그리고 산악신앙이 있다. 태산에 오르면 영원한 생명을 얻는다는 신앙이 있어 늘 사람들로 붐비는 산이다.

남천문에서 케이블카를 내린 나는 많은 사람 틈에 끼어 태산 꼭대기를 향해 걸었다. 대충 1km쯤 되는 거리였다. 남천문은 13세기 중반 원元나라 때 세워진 문이라고 하는데 '마공각摩空閣'이라는 현판이 걸려 있었다. 하늘에 이르는 높은 문이라는 뜻이다.

남천문을 넘어서면 태산을 설명해 주는 비석이 서 있다. 중국에는 명산名山이 동서남북에 걸쳐 다섯 개가 있다. 동쪽의 태산泰山, 서쪽의 화산華山, 남쪽의 형산衡山, 북쪽의 항산恒山, 가운데의 숭산嵩山이 그것인데 이를 통틀어 오악五嶽이라 한다. 이 다섯 산 가운데서 태산이 으뜸이라는 설명이 적힌 안내 비석이었다. 그래서 중국에서는 태산을 오악지장五嶽之長이라 부른다.

남천문에서 오른쪽으로 올라가면 태산의 수호여신을 모신 벽하사碧霞祠가 있고, 이곳에서 300m쯤 더 가면 태산의 정상인 옥황정에 이른다. 이 길목에는 숱한 전각이 세워져 있고, 2천 개가 넘는다는 암각(바위에 글을 새긴 것)이 병풍처럼 늘어서 있었다. 어찌 보면 질서가 없어 보였지만 오랜 역사만이 가질 수 있는 귀중한 세월의 이끼로 느껴졌다.

　옥황정 주변에는 비바람을 막기 위해 돌담을 쌓았고 이곳이 태산의 정상임을 알리는 '극정極頂'이라는 두 글자를 새긴 돌기둥이 서 있었다. 나는 이곳에서 눈 아래 보이는 화북평원을 내려다보았다. 중국의 역대 황제들도 이곳에서 천하를 굽어보았을 것이다. 중국에는 높고 아름다운 산이 많은데 어째서 높지도 특출하게 아름답지도 않은 태산이 봉선의식을 거행하는 성산聖山으로 지정되었는지 알 수 없다. 다만 이곳 산동지방에는 높은 산이 없다. 대개 높은 산은 큰 산맥을 타고 생기는데 이곳에는 그런 지형이 없다. 평평한 평야에 태산 하나만 우뚝 솟아 있다. 그래서 실제 높이보다 훨씬 커 보인다. 이런 조건이 성산이 되게 한 이유일지 모른다는 생각을 해 보았다.

태산에는 역사적 유래가 있는 곳도 많았다. '오대부송五大夫松'이라는 소나무가 있다. 진시황秦始皇이 봉선을 위해 산을 오르던 중 큰 폭풍우를 만나자 이 소나무 밑에서 풍우를 피했다고 한다. 이에 시황제는 감사의 뜻으로 이 소나무에 오대부의 직위를 내렸다는 것인데, 지금 남아 있는 세 그루의 소나무는 청淸나라 옹정황제 때(1730년)에 다시 심은 것이라 한다.

또 이 밖에 태산의 아름다운 계곡인 경석곡經石谷에는 흐르는 계곡물에 씻겨 반질반질해진 바위 위에 50cm 크기의 문자가 1,043자 예서체로 새겨진 것이 있다. 1천4백여 년 전 북제北齊 때 새겨진 『금강경金剛經』인데 귀중한 역사 유적이다.

태산에는 몇 개의 봉우리가 있는데 가장 높은 봉우리를 장인봉丈人峰이라 한다. '장인'은 아내의 아버지를 일컫는 호칭으로 중국과 우리가 같다. 그런데 당나라 현종 때 유명한 시인인 장열이 봉선사封禪使가 되어 태산에 간 일이 있었다고 한다. 그때 장열은 사위를 수행원으로 데리고 갔는데 봉선의식에 참여했다는 명목으로 9품관의 낮은 직위에 있던 사위를 5품관으로 특진시킨 일이 있었다. 사위는 태산의 덕으로 벼슬 직급이 올랐고 그 일을 해 준 사람이 봉선사로 태산(岳) 장인

봉에 갔던 아내의 아버지였다는 데서 그 후부터 아내의 아버지를 '장인丈人' 또는 '악부岳父'로 부르게 되었다고 한다. 이 얘기는 일본에서 활약 중인 중국인 작가 진순신陳舜臣의 책에 쓰여 있다.

우리나라에는 산이 많다. 휴일이나 주말이면 울긋불긋한 등산복 차림의 등산객이 산마다 넘쳐난다. 대단히 좋은 일이다. 호연지기를 기르는 데도 좋고 스트레스를 떨쳐 버려 건강에도 좋다. 그런데 산을 좋아하는 등산객들이 늘 아쉬워하는 것은 우리나라에는 높은 산이 없다는 불평이다. 우리 남한에는 2,000m가 넘는 산이 하나도 없다. 가장 높다는 산이 1,950m의 제주도 한라산이다. 이웃 나라 일본만 하더라도 2,000m가 넘는 산이 수두룩하다. 그들이 자랑하는 후지산富士山 높이는 3,776m에 이른다. 이런 기준으로 보면 우리나라에는 확실히 높은 산이 없다.

그러나 산은 꼭 높아야 좋은 것은 아니다. 중국 태산에 올라본 내 소감이다. "왜 산에 오르는가?" 기자의 질문에 영국의 등산가 조지 마로리는 "산이 거기 있으니까(Because it is there)"

내 마음의 작은 동네

라고 답변했다. 많이 인용되는 이 명언은 산을 대할 때마다 생
각나는 잠언箴言이다.

서역西域의 자취

-우즈베키스탄 답사기-

중앙아시아 지역을 흔히 서역西域이라 부른다. 중국 서쪽의 땅이라 하여 붙여진 이름인데, 예로부터 사서史書에 많이 등장했던 지역 명칭이다.

그러나 우리는 동양과 서양이 만나기 위해서는 반드시 거쳐야 했던 이 문명의 교류지역에 대해 너무나 아는 것이 없다. 그저 초원과 사막으로 이루어진 광활한 땅으로 흉노匈奴니 돌궐突厥이니 하는 많은 유목민족들이 흥망을 거듭했거나, 그렇지 않으면 동서양 강대국들 틈에 끼어 약탈과 살육이 계속된 비문명 지역 또는 오랑캐들이 사는 땅으로 인식되어 왔다. 근래에 이르러 실크로드(Silk Road)라는 이름으로 이 지역의 역사와 문물이 소개되기 시작하면서 관심이 다소 높아지고는 있으나, 여전히 우리는 무지의 영역을 크게 벗어나지 못하고 있는 실정이다.

언론인들의 친목 연구모임인 관훈클럽은 이런 약점을 조금이나마 벗어 보기 위해 2011년 해외 문화유적 답사지역을 서역으로 정하고 우즈베키스탄을 그 대상으로 택했다. 관훈클럽 회원들은 매년 우리와 관련이 있는 해외 탐방여행을 한다. 2009년에는 안중근 의사 순국 100주년이 되는 해여서 중국의 여순 하얼빈 목단강 등지를 탐방했고, 2007년에는 조선통신사朝鮮通信使가 일본에 간 지 400주년이 되는 해여서 일본의 히로시마 가미노세키 후쿠오카 등지를 답사하기도 했다.

우즈베키스탄을 가 보기로 한 이유는 그곳이 지리적으로 실크로드의 중간 지점에 있을 뿐 아니라 남북으로 강을 끼고 있는 비옥한 오아시스 지대에 속한다. 그래서 옛날부터 동서양의 만남과 문명교류의 연결고리 노릇을 했던 사마르칸트, 부하라, 타슈켄트 등 그 이름이 역사에 오르내리는 유명한 유적지가 모두 이곳에 있기 때문이다. 뿐만 아니라 유적답사 못

지않게 중요한 것은 우즈베키스탄에는 지금도 17만 명에 이르는 많은 우리 동포가 살고 있다.

고려인으로 불리는 이들은 1937년, 스탈린의 지시로 소비에트 러시아 극동지역(연해주)에서 이곳으로 강제 이주된 조선인과 그 후예들이다. 이들이야 말로 나라 잃은 망국유민亡國遺民들이 걸어온 우리 민족의 수난사를 그대로 보여 주는 역사의 증인이라 할 수 있다. 우리는 이들이 살고 있는 현장도 꼭 가보고 싶었다.

우즈베키스탄에 도착한 관훈클럽 회원 93명은 타슈켄트 교외에 있는 피라미드 호텔에서 이곳에서 태어나 성장한 '빅토르 남(Victor 南)' 교수로부터 '고려인의 이주와 정체성'에 관한 설명을 듣는 것으로 첫 일정을 시작했다. 남 교수는 타슈켄트의 고려인 집단농장에서 태어나 이곳 대학을 졸업하고 교수가 된 2세였다.

남 교수는 소비에트 러시아가 붕괴된 후 공개된 과거의 여러 기밀문서를 광범하게 참조해 논문을 작성했는데, 그 내용이 아주 훌륭했다. "극동지역의 일본 스파이 활동 침투 차단을 목적으로 한다."는 구실을 내세워 소련 정부는 1937년 10월부터 3개월에 걸쳐 18만 명에 이르는 조선인을 연해주에서 중앙아시아(우즈베키스탄, 카자흐스탄)로 내쫓았다. 남 교수가 발표한 당시 기록의 다음과 같은 수기를 읽고 우리는 모두 가슴이 아팠다.

"한인韓人들을 운송하는 모든 열차행렬은 화물 열차였다. 한 개 열차는 대략 50~60량의 화물칸으로 이루어졌다. 화물칸에는 창문 하나 없었으며 문만 있었을 뿐이다. 문이 닫히면 칠흑 같은 어둠뿐이었다. 밖에서는 이 열차로 가축을 나르는지 사람을 나르는지 아무도 몰랐다. 그래서 기차를 그냥 '검은상자'라고 불렀다."

우즈베키스탄으로 끌려온 동포 1세대의 이 기록을 보면 2차 대전 때 나치스에 의해 수용소로 끌려간 유태인들의 처지가 연상된다. 남 교수의 설명을 들은 다음 우리는 비참하게 이곳에 끌려와 정착한 고려인 마을을 찾아갔다. 타슈켄트에서 동남쪽으로 30km쯤 떨어진 곳이었다. 짐승처럼 실려와 내

던져졌던 이곳은 처음에는 이리 떼가 출몰하는 갈대숲과 늪지대였다고 한다. 그러나 온갖 고초를 겪으면서도 이들은 살기 위해 몸부림을 쳐야했다.

이주 다음해(1938년) 고려인 집단농장이 형성되었고, 김병화라는 사람의 지도로 갈대를 베어내고 늪지대를 메워 600만 평에 이르는 논밭을 일구어 냈다고 한다. 그리고 고향을 그리는 뜻으로 마을길에 소나무를 심기 시작했다. 고려인들이 황무지를 옥토로 바꾸어 놓자 이주 1세대의 집단농장 지도자 김병화는 그 공로를 인정받아 소련 정부로부터 노동영웅 훈장을 두 번이나 받았다고 한다. 우리가 찾아간 고려인 마을에는 그의 업적을 기리는 '김병화박물관'이 있었다.

우즈베키스탄에 정착한 고려인 가운데는 8·15 해방 후 북한에 와서 김일성 정권을 세우고, 6·25 남침에 적잖이 관여한 유명인 몇 사람이 있다. 그래서 우리 마음을 조금 착잡하게 만들기도 했다. 허가이, 유성철, 장학봉, 박영숙, 정상진, 박일 등이 그런 부류의 대표적 인물이다. 특히 인민군 작전국장으로 남침 계획을 짰던 유성철은 2차 대전 말엽 소련군 장교로 김일성이 속해 있던 하바롭스크의 소련군 88여단에 배속

되어 김일성의 러시아어 통역을 맡았던 인물이다.

그는 1959년 숙청을 피해 고향인 타슈켄트로 돌아가 여생을 보냈는데, 1990년 10월 한국에 와서 속죄의 뜻으로 6·25 남침 사실을 증언해 큰 파문을 일으킨 일도 있다. 소비에트 공산정권이 붕괴되고 우즈베키스탄이 독립한 후 주한대사로 우리나라에 왔던 비탈리 펜 씨가 우즈베키스탄에서 태어난 고려인 3세에 속한다. 그는 18년 동안 서울에서 근무했던 최장수 대사였는데 자기 할아버지가 '경주 편片 씨'였다고 가계를 밝힌 일이 있다.

중국 당唐나라 수도였던 장안長安(지금의 西安)에서 동로마제국의 수도였던 콘스탄티노플(지금의 이스탄불)까지를 연결하는 육로를 실크로드라 한다. 중국의 비단(silk)이 이 길을 통해 유럽으로 전해졌다 해서 붙여진 이름이다. 대항해大航海 시대가 열리기 전까지 동양과 서양의 교류는 이 길을 통해 이루어졌다. 실크로드의 중앙지대에 위치한 우즈베키스탄에는 사마르칸트, 부하라, 타슈켄트라는 3개의 이름난 유적지가 있다.

그 가운데서도 역사에 가장 많이 등장하는 곳이 사마르칸트이다. 이 도시가 남긴 최초의 유산은 당나라 장군 고선지高仙芝가 이곳을 점령했다가 물러가면서 남긴 문화유산이다. 고선지는 고구려 유민이었지만 재능이 출중해 당나라 장군이 되었다. 파미르고원을 넘어 티베트 쪽을 정벌했던 고선지가 오늘의 사마르칸트 지방을 정복한 것은 서기 750년이었다. 1년 후 새로 일어난 이슬람제국과의 싸움에 패배해 퇴각했는데 이때 그가 데리고 왔던 당나라 제지製紙 기술자가 포로가 되어 이슬람 쪽에 억류되었다. 이로써 이슬람 세계에 처음으로 종이 만드는 기술이 전수되어 널리 퍼지게 되었다. 역사에서 말하는 '사마르칸트 종이'는 이렇게 해서 태어났다.

인류문명을 획기적으로 발전시킨 데는 몇 가지 무기가 있었다. 활자와 인쇄술 발명이라든가 오늘의 컴퓨터 기술 등이 바로 그것인데 그 중에서도 종이의 발명은 문화사적으로 엄청난 파급효과를 가져온 신무기였다.

종이를 처음 만든 것은 서기 105년 한漢나라였다. 그러나 그 제조 방법이 비밀이었던 탓인지 다른 나라에서는 만들지 못했다. 그래서 비싼 값으로 중국에서 종이를 사다 썼다. 따라서 비싼 종이를 함부로 쓸 수 없어 이슬람제국에서는 불편

내 마음의 작은 동네

하지만 할 수 없이 양피 또는 녹피(사슴가죽)에 글을 적었다. 그러던 것이 사마르칸트에서 종이가 만들어지면서부터 문화 패턴이 급속히 일신되었다. 기록에 의하면 사마르칸트에 처음으로 제지공장이 선 해가 757년이다. 고선지가 이곳을 정벌한 7년 후가 된다.

이와 같이 실크로드는 비단만 전해 준 길이 아니라 종이를 전해 준 페이퍼로드(Paper Road)이기도 하다. 그러나 아쉽게도 사마르칸트에는 지금 이슬람 세계에서 최초로 만들어진 제지공장의 유적은 없다. 따라서 아무데서도 그 흔적을 찾아보는 것은 불가능했다. 13세기 때 칭기즈칸이 이끄는 몽골군이 이곳을 덮쳐 모든 문물을 깡그리 파괴하고 불살라버렸기 때문이다. 사마르칸트 뿐 아니라 부하라, 타슈켄트 등 우즈베키스탄 전역에 걸쳐 지금 눈으로 볼 수 있는 문화유적은 대부분 14세기 이후의 것이다. 그 이전의 것은 몽골군에 의해 모조리 파괴되어 없어졌고, 옛 유물은 19세기 들어 고고학자들에 의해 간신히 일부가 발굴된 것이 고작이다.

칭기즈칸이 중앙아시아를 정벌했을 때 가장 혹독한 살육작전으로 악명을 남긴 곳이 바로 우즈베키스탄이었다. 왜 그랬을까? 이것이 바로 사마르칸트가 역사의 스포트라이트를 받는 또 다른 이유다. 13세기 때 이 지역은 이슬람 국가인 호라즘 샤 왕조王朝의 통치를 받고 있었다. 칭기즈칸의 몽골과 호라즘은 우호관계를 유지하면서 통상 등 교류를 해왔는데 갑자기 사건이 생겼다.

호라즘의 사마르칸트 지역 책임자인 이나르치크 카일한이라는 총독이 몽골 상인들을 간첩으로 몰아 상품을 빼앗고 100여 명을 모조리 죽였다. 칭기즈칸은 이 보고를 받자 특사를 파견, 사건의 책임자 인도와 배상을 요구했다. 그러나 사태를 잘못 판단한 호라즘 왕조의 술탄 무하마드는 요구를 거절했을 뿐 아니라 몽골 특사까지 잡아 처형했다. 격노한 칭기즈칸은 즉각 군사를 일으켜 정벌에 나섰다. 1219년의 일이다.

이때의 몽골군이 얼마나 잔인한 보복전을 했는가는 기록에 남아 있다. 몽골 사신을 죽인 총독 이나르치크를 붙잡아 사마르칸트 거리에 매달고 수은을 끓여 그의 눈과 귀에 들이부어 죽였을 뿐 아니라 건물과 시설, 사람을 가리지 않고 없애거나 죽이는 참혹한 살육과 보복을 자행했다. 이때 없어진 대표적인 문화시설이 부하라에 있던 도서관이다. 11세기를 대표하는 세계적 학자 아비센나가 당대 최고의 도서관이라고 격찬했던 부하라 도서관의 귀중한 책과 사료史料들이 이때 모두 소실되었다. 아까운 일이었다. 따라서 사마르칸트 최초의 종이공장 유적이 남아 있을 리 없다.

1880년대에 제정러시아 고고학자들이 사마르칸트에 와서 몽골군에 의해 폐허가 된 땅을 발굴하기 시작했다. 그때 출토된 유물들을 모아 놓은 곳이 바로 아프락시압 박물관이다. 우리 일행은 이곳을 찾아보았다. 규모는 작았지만 볼만한 유물이 꽤 있었다. 그 가운데서도 가장 눈길을 끈 것은 7세기경에 그려진 벽화였다. 벽화 중심부에는 당시 이곳을 다스렸던 바르후만 왕이 그려져 있고, 그 옆에 각기 다른 복장을 한 외국 사절들이 늘어서 있는 그림이다. 비단옷을 입은 중국인, 긴 머리의 투르크인, 파미르 유목민, 머리를 땋은 위구르인 등이 서 있는데 그 중에 조우관鳥羽冠을 쓴 사신 두 사람이 끼어 있었다. 이 인물이 고구려 고분벽화에 그려진 고구려인 모습과 흡사해 학계에서 논쟁거리가 된 그림이다.

이 벽화에 대한 기록은 아무 데도 없다. 한반도에서 사마르칸트까지 그 거리가 얼마인가. 당시(7세기) 한반도에서 이곳까지 과연 사신이 올 수 있었겠는가 하는 의문이 들지만 『대당서역기大唐西域記』를 쓴 당나라 삼장법사와, 『왕오천축국전往五天竺國傳』을 쓴 신라의 혜초가 사마르칸트를 거쳐 인도를 왕래한 것을 참작하면 전혀 불가능했다고 볼 수는 없다. 특히 7세기 중엽 당나라의 침공에 직면한 고구려가 서역 땅에서 당나라를 견제할 동맹국을 찾기 위해 이곳으로 사신을 보냈을 가능성은 충분히 있다고 생각된다.

그러나 뭐니뭐니해도 사마르칸트의 유적으로는 티무르제국이 남긴 모스크들이 가장 돋보였다. 칭기즈칸이 죽고 몽골제국이 분열되어 쇠퇴했으나, 14세기 후반이 되자 몽골계 후손인 아미르 티무르라는 영웅이 나타났다. 그는 아랍인을 포함해 여러 갈래로 나누어져 있던 부족 간의 싸움을 종식시키고 강력한 통일국가를 세웠다. 이것이 몽골제국이 쇠퇴한 후 중앙아시아에 등장했던 유일한 강대국인 티무르제국이다.

1370년 사마르칸트를 수도로 정한 티무르제국은 계속 세력을 뻗쳐 남으로는 인도의 아그라 지방, 북으로는 러시아의 모스크바, 동으로는 중국(明) 가까이까지 영토를 넓혔다. 뿐만 아니라 인도에서 가져간 코끼리로 상군象軍을 조직하여 오스만튀르크군을 괴멸시킴으로써 결과적으로 동로마제국의 멸망을 수십 년 늦추어 주었다. 이것은 서양사에도 기록되어 있다. 그래서 우즈베키스탄에는 가는 곳마다 티무르제국을 내세우는 유적이 많았고, 수도 타슈켄트 중심가를 비롯해 여러 곳에 티무르 동상이 민족 영웅으로 우뚝 서 있기도 했다.

티무르와 관련된 사마르칸트 유적은 그와 가족이 묻혀 있는 황실묘 구르에미르를 우선 꼽아야 한다. 8각형으로 이루어져 있는 건물 전체가 아름다운 채유彩釉타일로 씌워져 있어 독특한 기품을 보이는 묘소였다. 티무르는 이 지하에 그의 아들, 손자와 함께 잠들어 있다. 그런데 이곳에 있는 그의 유골은 신비한 얘기를 남기고 있다.

1941년 6월, 소련 독재자 스탈린은 난데없이 "티무르의 무덤을 찾아서 그의 유골을 모스크바로 가져오라."는 지시를 내렸다. 명령을 받은 특수요원들은 즉시 사마르칸트의 구르에미르에 와서 그의 관을 열고 유골을 꺼내 모스크바로 가져갈 작업을 했다. 그때 웬 노인이 나타나 관을 열지 말라고 했다. 관을 열면 전쟁이 난다고 예언했다. 그때 아무도 이 말을 믿지 않았다. 그러나 유골을 수습해 모스크바로 가져가려 했던 6월

22일, 독일이 소련을 침공하는 전쟁이 일어났다. 관계자들이 남긴 기록에 의하면 독·소 전쟁을 치르느라 고생하던 스탈린은 할 수 없이 "티무르의 유골을 정리하여 사마르칸트의 관에 다시 넣고 잘 보관하라."는 지시를 내렸다고 한다.

1942년 12월 20일, 티무르의 유골은 다시 자신의 관으로 들어갔다. 그리고 이슬람의식으로 위령제가 성대히 치러졌다. 그로부터 이틀 뒤 믿을 수 없는 기적이 일어났다. 패배를 거듭하던 소련군이 전세를 만회해 독일군을 격파하기 시작했다는 것이다. 이를 계기로 소련군은 승승장구했다.

1943년 사마르칸트의 공산당 지부는 스탈린으로부터 "100만 루블의 돈을 보낼테니 이것으로 티무르의 묘를 완벽하게 복원하라."는 명령을 받았다. 당시 100만 루블이면 탱크 16대의 값이었다고 한다. 그 후 스탈린은 티무르 묘가 복원되었다는 보고를 받자 "앞으로 그 어느 누구도 그의 관을 열지 못하게 하라."는 마지막 지시를 내렸다는 것이다. 나는 티무르의 관이 있는 그의 묘를 구경하면서 이 신비한 이야기 탓인지 마치 동화의 세계를 거니는 듯한 기분을 느꼈다.

또 사마르칸트에는 티무르가 8명의 왕비 중 가장 사랑했다

내 마음의 작은 동네

는 비비하눔을 위해 만든 모스크가 있다. 중앙아시아에서 가장 아름다운 모스크였다고 하는데, 많이 훼손되어 왕년의 위용은 찾아보기 어려웠다. 다만 푸른 돔 형식의 지붕을 가진 중앙에 코란을 올려 놓았던 큰 받침대가 있는데, 이 주위를 기도하며 걸으면 아들을 낳을 수 있다는 풍습이 있어 1년 내내 참배객이 끊이지 않는다고 한다.

사마르칸트를 아미르 티무르의 도시라고 한다. 그가 직접 지휘해 벽돌, 문양, 규모까지 정해 주어 건축물이 탄생했다하여 이를 지금도 티무르양식이라 부른다. 이슬람 도시의 전형적인 구조는 모스크, 신학교, 첨탑, 시장(바자르), 주거지 등으로 이루어진다. 티무르는 여기에 정원과 정비된 도로 등을 덧붙여 늘 새로운 도시계획을 실행했다고 한다. 이곳에 와 보면 역시 그는 서역이 낳은 불세출의 영웅이었음을 알 수 있다.

티무르제국은 이슬람국가였다. 그 종교적 유적이 가장 많은 곳이 부하라였다. 우즈베키스탄 서쪽, 투르크메니스탄과의 국경선 가까이 있는 이 도시에 가기 위해 항공편을 이용했다.

부하라는 종교도시라 해도 과언이 아니었다. 한때는 이슬람 신학교(메드레세)가 200개 있었으나 지금은 40여 개로 줄었다고 한다. 이곳에는 중앙아시아 최대의 이슬람사원이라는 칼란 마스지드모스크가 있다. 나는 이곳을 가보고 입이 딱 벌어졌다. 1만 명이 동시에 예배를 볼 수 있도록 설계된 엄청난 규모의 모스크였다. 규모만 큰 것이 아니었다. 전후좌우가 완벽하게 대칭을 이루는 기하학적 균형미와, 건물 내부 돔 천장을 장식한 모자이크 문양의 그 섬세하고 현란한 조화의 아름다움은 설필舌筆로는 표현할 길이 없다. 더구나 이 모스크를 지은 때가 1514년이었다고 하니 500년 전의 옛날이다. 우리나라로는 임진왜란이 일어나기 80년 전의 일이다. 이곳을 찾은 우리 일행은 모두 탄성을 발할 뿐이었다.

이 모스크 문 밖에 세워진 칼란 미나레트라는 탑처럼 생긴 망루望樓는 더욱 놀라웠다. 높이가 47m에 이르러 어디서나 볼 수 있는 부하라의 상징물이었다. 옛날에는 이 탑이 사막을 여행하는 카라반들에게 길을 알려주는 육지의 등대 역할도 했다고 한다. 그런데 이 탑은 볼수록 위대한 예술품이었다. 위로 올라갈수록 좁아지는 원주형이어서 층층이 설치된

계단이 100개에 이르고, 작은 벽돌을 14개층으로 나누어 서로 다른 방향으로 어긋나게 쌓아올린 기술과 훤칠하게 보이도록 한 그 수려한 외모는 중앙아시아, 서역 전체를 대표하는 이슬람 건축의 진수라 할 만했다. 현지 안내인 설명에 의하면 19세기 말엽까지, 이 나라에서는 사형수를 자루에 넣어 탑 꼭대기에서 내던지는 방법으로 사형을 집행했던 곳이라고도 한다. 탑의 아름다움과는 어울리지 않는 일이지만 그런 용도로도 쓰였던 모양이다.

부하라에는 메드레세(神學校)가 많다고 했는데 그 가운데서도 가장 유명한 곳이 울루그벡 메드레세였다. 티무르 황제의 손자였던 울루그벡이 1417년에 세운 이 신학교는 2개의 푸른 아치형 돔이 있는 아름다운 건물이다. 우즈베키스탄에는 전국에 걸쳐 울루그벡(Ulugbek)이라 이름 붙인 기념물이 많았다. 그것은 이 황제가 신학 뿐 아니라 천문학, 수학, 의학 등 모든 분야의 학자를 모아 학문연구에 전념하게 한 덕에 당시의 중앙아시아를 1등 문명지역으로 발전시킨 공적 때문이라고 한다.

연대年代를 조사해 보면 우연의 일치이기는 하지만, 티무르의 손자 울루그벡은 조선왕조를 세운 이성계의 손자 세종과 동시대 인물이다. 울루그벡은 집현전을 만들어 학문을 진작시킨 조선의 세종 같은 황제였던 것 같다.

부하라에는 또 옛 성城이 하나 남아 있었다. 아르고 성이라 불리는 이 축조물은 수많은 전쟁에 파괴되어 지금은 그 일부만 볼 수 있는데, 흙벽돌로 매끈하게 쌓아올린 모습이 매우 아름답고 이국적이다. 성벽의 높이는 20m, 부하라를 다스렸던 마지막 왕조의 왕 사이드 미르 알림이 1920년 소련군대에 쫓겨 아프가니스탄으로 망명할 때까지 여기 살았다고 한다.

부하라에는 이 밖에도 중세 때, 번창했던 실크로드 중계무역 지대의 흔적인 카라반 사라이(隊商宿所)가 남아 있어 옛 영화를 추상케 했다. 또 1천 년이 넘는 역사를 지녔다는 유태인 공동체 마을도 있다. 유태인 출신의 미국 국무장관 올브라이트가 우즈베키스탄을 방문했을 때 이곳을 찾았었다고 한다.

관훈클럽 회원 일동은 여행 마지막 날, 우즈베키스탄의 수도 타슈켄트를 하루 종일 답사했다. 맨 먼저 티무르 역사박물관을 찾았다. 소비에트연방에서 독립한 후 우즈베키스탄 정부는 민족과 국가의 정체성을 세우기 위해 이 박물관을 지었다고 한다. 중앙 입구를 들어서 2층으로 올라가면 정면 벽에 위풍당당한 아미르 티무르의 초상화가 걸려 있다. 그러나 내부 전시물을 보면 아직도 발굴 작업이 부진한 탓인지 크게 볼만한 유물이 많지 않았다.

타슈켄트에서 가장 볼만한 유물은 하스트이맘 모스크라는 회교사원 안에 있는 무보락박물관의 이슬람경전 코란이었다. 이것은 646년, 이슬람제국의 3대 칼리프 오스만의 지시로 바그다드에서 필사筆寫된 4부의 코란 중 하나라고 한다. 14세기 후반, 중앙아시아의 지배자가 된 티무르가 페르시아를 정복, 이라크에서 이 오스만의 코란을 빼앗아 사마르칸트로 가져온 것으로 소련 통치 때에는 레닌그라드로 가져갔다가 우즈베키스탄이 독립할 때 타슈켄트로 돌아온 기구한 운명을 지녔던 경전이다.

이슬람 세계에서 가장 신성시 하는 3대 코란 중 하나로 불리는 이 코란은 얇은 사슴가죽 위에 나무 펜으로 수액樹液을 이용해 글씨를 쓴 것인데, 그 일부가 유리통 속에 전시되고 있어 실체를 자세히 볼 수 있었다. 이 밖에 타슈켄트에는 오랜 역사를 자랑하는 옛 시가지의 바자르(재래시장)가 볼만했다.

5일간의 짧은 일정이어서 유적답사가 주마간산 격이 된 면이 없지 않았으나, 실크로드와 중앙아시아의 풍광을 직접 봄으로써 이 지역의 역사와 문화를 이해하는 데 많은 공부가 되었다.

이곳 유적을 답사한 소감을 정리해 본다면 그 웅장하고 섬세한 건축물을 보았을 때, 그것을 가능케 한 당대의 종교 분위기와 학문적 토대 그리고 기술이 놀라웠으나, 유목민 생활의 특성 탓인지 유적의 종류가 종교 위주의 것에 치우쳐 있다는 단조로움을 느꼈다. 많은 왕국이 존재했음에도 왕궁이나 그들이 사용했던 가구 의복 주택 등 생활 일용품을 찾아보기 어려웠다. 앞으로 이런 다양한 유물과 유적들이 발굴 발견 되어 옛날 중앙아시아인들의 삶을 입체적으로 볼 수 있는 날이 오기를 기대해 본다.

내 마음의 작은 동네

매혹의 이스탄불

가보지 않았더라도 그 이름에 매혹되는 도시가 있다. 내 경우 이스탄불이 그런 곳이다. 중학교에 입학해 세계지리를 배우기 시작했을 때, 나는 왠지 모르게 그 도시 이름에 빠져들고 말았다. 낭만이 넘치고 이국적 정취가 물씬 느껴지는 그런 곳일 것 같았다. 그 후 모로코의 카사블랑카라는 도시 이름에 매력을 갖게 되었으나 이것은 아마 잉그리드 버그만과 험프리 보가트가 주연한 유명한 영화 탓이었던 것 같다.

그런데 나는 언론분야에 종사하면서 직업상 많은 외국 도시를 찾게 되었으나 이상하게도 이스탄불이라는 도시는 좀체로 가볼 기회가 없었다. 유럽을 갈 때에는 런던, 파리, 로마를 많이 찾게 되었고, 지중해 쪽으로도 여러 번 간 일이 있으나 그 대상은 대개 마르세유, 칸느, 니스, 모나코였다. 중동지방 취재여행도 해 본 일이 있다. 1974년, 이란의 테헤란에서 아시안게임이 열렸을 때 그것을 계기로 이슬람권을 취재 다녔는데 그 때에도 이라크, 레바논과 이집트의 카이로를 간 것이 고작이었다. 이렇게 본다면 이스탄불이라는 도시는 역사적으로는 대단히 중요한 역할을 한 곳이었지만 오늘에 와서는 별로 큰 뉴스를 생산해 내지 못하는 도시라는 얘기가 된다. 뿐만 아니라 오고 가는 길에 들르기 쉬운 교통의 요충지대가 아닌 지구의 외진 곳이라는 의미도 된다.

이스탄불이 가지고 있는 과거의 영광을 생각하면 억울하기 짝이 없는 대접이라 할 수 있다. 이 도시는 콘스탄티노플이라는 이름으로 1천여 년 동안 동로마제국의 수도로 군림했고, 뒤이어 오스만튀르크에 의해 동로마제국이 멸망한 후에는 그 이름을 이스탄불로 바꾸어 오스만튀르크 대제국의 수도로 5백년 가까운 영화를 누려온 곳이다. 그래서 나폴레옹은 "이스탄불을 점령하는 것은 세계의 절반을 점령하는 것"

　　　　　　　　　　　　　내 마음의 작은 동네

이라 했고, 역사학자 토인비는 "이스탄불은 도시 전체가 살아 있는 박물관"이라고 했다. 모두 다 이스탄불의 중요성을 설명한 말이다.

내가 벼르고 벼르던 터키 여행을 하게 된 것은 2012년 늦은 봄이었다. 서울에서 이스탄불까지 비행기로 11시간 남짓 걸렸다. 80을 바라보는 나이에 늦깎이 여행객이 된 데는 두 가지 이유가 있었다. 하나는 몇 해 전 우즈베키스탄 탐방을 했을 때 실크로드를 좀더 살펴보고 싶은 충동을 느꼈기 때문이다. 실크로드는 중국 서안西安에서 이스탄불까지 이어진 동양과 서양이 만났던 유일한 육상교통길이었다. 따라서 그 서쪽 종착지의 모습은 꼭 보아두어야 할 곳이었다.

또 다른 이유는 젊을 때부터 가져왔던 매혹적인 이름의 도시를 꼭 가보고 싶은 염원 이외에도, 2013년 8월 말 이스탄불에서 '이스탄불–경주 세계문화엑스포'가 열리기로 결정되었기 때문이다.

경주에서 꽃핀 신라 천 년의 문화유산 속에는 실크로드를 통해 들어온 아랍, 유럽 문물이 더러 있다. 1974년 경주 대릉원 황남대총에서 봉황 머리 모양 주둥이를 한 유리병이 나왔다. 로마 시대 지중해 동부 연안에서 만들던 '로만 글라스'였다. 천마총 서봉총에서도 비슷한 유리제품이 잇따라 나왔다. 그래서 학자들은 이스탄불에서 서안西安까지를 실크로드의 본류本流로 친다면, 한국의 경주에서 일본 교토京都까지 이어지는 길은 동서양의 문물이 오고 갔던 그 지류支流로 보고 있다. 이런 점에서 경상북도와 경주시에서는 1년이 넘은 시간을 들여 터키 정부와 이스탄불 당국을 설득해 문화엑스포를 여는 데 성공했다는 것이다. 경주에서 이스탄불까지의 거리는 1만7천Km, 까마득한 길이다. 그런 만큼 더욱 가보고 싶어졌다.

이스탄불이라는 도시는 세계에서 가장 이야깃거리를 많이 간직한 도시의 하나라 할 수 있다. 보스포루스 해협을 사이에 두고 서쪽 구시가지와 동쪽 신시가지로 나누어져 있는데 서쪽이 유럽이고, 동쪽이 아시아에 속한다. 한 도시가 유럽과 아시아에 걸쳐있는 곳이다. 쉽게 비유하자면 한강을 사이에 둔 서울이 강북 쪽은 유럽, 강남 쪽은 아시아에 속해 있는 곳이라 생각하면 된다.

내 마음의 작은 동네

이스탄불이 어떤 도시인가를 알기 위해서는 이곳의 역사적 유래를 먼저 살펴보아야 한다. 그래서 이 도시의 족보를 좀 정리해 보겠다. 이런 절차 없이는 이 도시를 설명할 수 없기 때문이다. 이곳은 머나먼 옛날, 그리스 사람들이 식민지로 개척했던 지방이다. 비잔티움이란 지명으로 불렸던 곳이다.

그 후 세월이 흐르면서 로마제국의 영토가 되었는데 A.D. 330년, 당시 로마황제였던 콘스탄티누스는 이곳을 로마제국의 새 수도로 정하고 천도遷都를 했다. 콘스탄티누스 황제는 기독교를 처음으로 공인한 인물로 특히 유명한데, 수도를 옮기면서 비잔티움으로 불렸던 도시 이름을 콘스탄티노플로 바꾸었다. 새 이름은 콘스탄티누스의 도시라는 의미였다.

콘스탄티노플이 수도가 된 지 62년 후 로마제국은 동·서로 분열되었고, 서로마는 30년을 버티지 못하고 멸망했다. 그러나 콘스탄티노플을 수도로 삼은 동로마제국은 서로마가 망한 후에도 1천 년을 이어갔다. 많은 영욕을 겪은 끝에 15세기 중반, 1453년에 이르러 동로마제국은 오스만튀르크에게 정복되면서 긴 역사를 마감했다. 그때 도시 이름이 이스탄불로 바뀌면서 오스만튀르크제국의 새 수도가 되었다. 그리고 그로부터 469년 뒤인 1922년, 오늘의 터키공화국이 수립되면서 오스만튀르크제국도 멸망의 비운을 맞았다. 케말 파샤에 의해 세워진 터키공화국은 수도를 이스탄불에서 앙카라로 옮겼다. 동로마제국에서 오스만튀르크제국에 이르기까지 1천6백 년을 대제국의 수도로 군림했던 이스탄불은 이렇게 수도의 자리를 빼앗기고 오랜 영욕의 역사만을 간직한 고도古都로 남게 되었다.

지금 이스탄불에는 이와 같은 역사의 기복을 그대로 보여주는 건물이 하나 있다. 유명한 성聖소피아성당이 바로 그곳이다. 나는 이곳을 구경하려고 온 세계에서 모여든 많은 관광객들이 줄을 서 있는 긴 행렬에 끼어 간신히 내부를 구경했다. 현지 안내인 말에 의하면 이곳은 1년 내내 이렇게 사람들로 붐빈다고 했다.

보스포루스 해협이 내려다보이는 언덕진 곳에 자리 잡은 이 성당은 360년에 처음 세워졌으나 화재로 소실되어 지금 우리가 볼 수 있는 건물은 537년에 완성된 것이다. 동로마제국의 유스티아누스 1세가 황제로 있을 때였다. 이 시기는 동로마제국의 황금기를 여는 때였다. 유스티아누스 황제는 두 번에 걸친 화재를 교훈 삼아 새로 짓는 성당은 목재를 사용하지 않고 온 건물을 돌로 짓게 했다. 그리고 건물 중심부의 천장을 둥근 돔으로 덮게 했다. 당대의 기술을 총동원해 지은 화려한 성당이었다.

이렇게 해서 탄생한 소피아성당은 동방 기독교의 총본산으로 내려왔다. 그러나 이 성당이 지어진 지 1천여 년이 지난 1453년, 오스만튀르크의 황제 메흐메트 2세가 이끄는 16만의 군대가 콘스탄티노플을 점령함으로써 동로마제국은 멸망의 비운을 맞았다. 유럽 역사를 주름 잡았던 로마제국은 이렇게 해서 사라졌다.

이때의 일을 기록한 여러 자료들을 읽어보면 콘스탄티노플에 입성한 메흐메트 2세는 곧바로 성聖소피아성당을 찾은 것으로 되어 있다. 이 성당의 아름다움을 많이 들어왔기 때문이다. 그는 타고 온 백마에서 내려 성당 안으로 걸어 들어갔다. 그는 웅장하고 화려한 성당의 아름다움에 도취되었다. 이슬람의 수장을 겸하고 있는 그는 아무리 이교도異敎徒의 성당이라고는 하지만 이 아름다운 건물을 파괴해서는 안 되겠다고 생각했다. 뿐만 아니라 유목 민족이었던 튀르크족의 오랜 습관으로 전쟁에 이기면 전승지에서 3일 동안 마음대로 약탈하고 파괴하는 전통이 있었다. 그러나 메흐메트 황제는 콘스탄티노플의 웅장하고 잘 짜여진 도시 규모를 직접 보는 순간 모든 병사에게 파괴와 약탈을 금지시키는 특별조치를 내렸다. 오늘의 이스탄불이 로마의 체취를 간직하고 있는 것은 이런 이유 때문이다.

메흐메트 황제는 소피아성당을 이슬람 모스크로 개조시켰다. 성당 안에 장식되어 있던 모자이크 성화聖畵는 모두 석회칠로 덮어 버렸고, 메카의 방향을 나타내는 화살표 미흐라브를 새로 만들어 붙였다. 그리고 성당 밖 네 모퉁이에 미나레트(尖塔) 네 개를 세웠다. 이렇게 해서 그리스도교의 대성당이었던 소피아성당은 이슬람교의 대사원으로 바뀌어 오늘에 이르렀다.

오스만제국은 20세기에 접어들자 쇠퇴하기 시작, 제1차 세계 대전에서 패전한 것을 계기로 케말파샤가 이끄는 혁명세력에 의해 멸망하고 오늘의 터키공화국이 수립되었다. 1922년의 일이다. 그 후 1934년, 소피아사원은 박물관으로 변해 지금은 이스탄불의 으뜸가는 관광명소가 되었다. 모자이크 성화를 덮었던 석회칠을 벗겨 보니 그 옛날 동로마제국의 찬란했던 그림이 드러났다. 남측 계단 동쪽과 서쪽 벽면에는 성모 마리아와 예수의 모습이 모자이크화(畵)로 그려진 것이 또렷이 보였다. 전문가들의 평을 종합해 보면 성소피아사원 모자이크 그림의 백미白眉는 예수의 얼굴이라고 한다. 너무나 인간적인 부드러운 표정과 범접하지 못할 위엄을 가지면서도 모든 사람에게 축복을 내리는 것처럼 인자해 보이는 이 벽화는 일품 중의 일품이라는 것이다.

내가 이 벽화 앞에 섰을 때에도 유독 많은 인파가 이곳에 운집해 있었다. 소피아사원은 이와 같이 로마제국의 기독교 성당과 오스만제국의 이슬람 모스크의 흔적을 함께 볼 수 있는 역사적인 건물이다. 나는 이 사원을 구경하면서 역사에 있어 통치자의 안목과 경륜이 얼마나 중요한 것인가를 새삼 느꼈다. 동로마제국을 멸망시킨 오스만튀르크 황제 메호메트 2세는 당시 21세의 젊은 청년이었다. 그는 정치 종교 양면에서 절대 권력자였으나 퍽 개명된 인물이었다. 기독교를 박해하지 않고 종교의 공존을 인정했던 황제였다. 만약 그가 종교적 광신자였거나 편협한 배외주의자였다면 오늘의 소피아성당은 살아남지 못했을 것이다.

이스탄불에는 많은 이슬람사원이 있다. 그 가운데서도 성소피아사원에 필적할 만한 모스크를 꼽자면 '술탄 아흐메트 모스크' 속칭 블루 모스크로 불리는 사원을 들 수 있다. 이 모스크는 이스탄불이 오스만튀르크제국의 수도가 된 지 1세기 반이 지난 1609년에 착공되어 8년 만에 완성된 것인데, 아흐메트 1세 황제 때 일이다. 14세에 즉위하여 38세의 젊은 나이에 죽은 이 황제는 선조들이 남긴 업적을 능가해 보고 싶었던지 호화의 극치를 자랑하는 모스크를 지었다. 우선 미나레트를 여섯 개 세웠다. 두 개가 보통이고 특별한 모스크도 네 개가 고작이다. 미나레트가 여섯 개 있는 모스크는 이슬람의 최고 성지인 메카의 아마지드 아르하람(聖 모스크)이 유일한 곳이다. 여기 맞먹는 모스크를 지은 셈이다.

나는 이 모스크 내부를 구경하면서 이슬람 건축예술의 극치를 보는 것 같아 탄성을 연발했다. 높이 43m에 이르는 중심 돔은 전후좌우에 반쪽짜리 돔 4개를 거느리는 구조로 되어 있고, 채광과 온도 조절을 위해 만든 창문이 260개나 된다. 내부는 아라베스크 무늬가 새겨진 푸른색 타일과 오색찬란한 스테인드글라스로 장식했는데, 창을 통해 들어오는 햇빛이 푸른 타일과 글라스 색채에 어우러져 시시각각 변하는 모습은 말할 수 없는 환상의 세계를 펼쳐 보이고 있었다. 많은 사람이 이곳을 블루 모스크로 부르는 이유를 알만했다.

이스탄불이 갖고 있는 위대한 문화유산은 이 밖에도 많다. 곳곳에 옛 로마시대에 있었던 성채, 성벽 유적을 비롯해 지금은 박물관이 된 코라 수도원이 있다. 이곳은 동로마시대의 모자이크 그림의 보고寶庫로 일컬어지는 곳이다.

또 시내를 관통하고 있는 베아렌스 수도교水道橋는 동로마제국이 남긴 명품 중의 명품으로 지금도 잘 보존되어 있다. 이스탄불은 일곱 개의 언덕을 가진 도시여서 이 언덕과 언덕 사이를 이어 만든 수로水路가 바로 2층의 아치 모양으로 된 이 수도교이다. 지금 남아 있는 다리의 길이는 800m에 이른다. 위풍당당히 서 있는 이 다리 밑을 지나는 자동차 행렬을 보노라면 동로마제국의 강성했던 때의 모습을 누구나 추상하게 된다.

이스탄불에 오는 관광객이 가장 많이 찾는 곳은 오스만튀르크의 황제들이 살았던 토프카프궁전이다. 중국의 자금성처럼 이 궁전도 지금은 박물관이 되어 있지만 여기 소장되어 있는 엄청난 종류의 보석, 보식물寶飾物, 중국산 명품도자기 등은 세계 최고라 해도 과언이 아니다. 그리고 이 궁전 깊숙한 곳에 황제의 여인들이 살았던 금남의 집 하렘이 있다. 이런 것들을 보기 위해 많은 사람이 이스탄불을 찾는다.

궁전 안에 마련된 보석관에 들어서면 맨 먼저 눈을 끄는 것은 보석으로 장식된 단검短劍이다. 하도 많이 사진을 통해 본 물건이어서 금방 눈에 띈다. 칼 손잡이에 직경 4cm의 에메랄드가 3개 박혀 있고 칼머리에는 8각형으로 커트된 3cm의 에메랄드가 끼워져 있다. 이 밖에 86캐럿의 다이아몬드, 둘레를 여러 종류의 보석으로 장식한 어린 왕자의 침대, 왕비가 신었던 목욕탕 신발(나막신) 등 일일이 예를 들기 어려운 많은 보석들이 있다.

또 궁전 마당 오른쪽에는 옛 주방廚房이었던 곳이 지금은 도자기 전시실로 꾸며져 있는데, 이곳이 중국 도자기의 명품 창고가 되어 있다. 소장되어 있는 도자기 총수는 설명서에 의하면 10,358개로 청자가 1,354개인데 명나라 때의 것이 3,209개,

청나라 때의 것이 5,795개 있다. 이 많은 도자기가 어떻게 수
집되었는지 아무데도 그 기록이 없다고 한다. 전문가들 말에
의하면 큰 행사가 있을 경우 이 궁전에서 식사를 하는 인원이
대략 3천 명가량 되었다는 것이고, 이들의 식기로 최고급 도
자기들을 늘 구입했을 것으로 보고 있다. 그런데 이 도자기 가
운데는 중국에도 없는 명품들이 수두룩하게 있어 세계 최고의
컬렉션으로 평가를 받는다.

하렘은 궁전 외진 곳에 떨어져 있는 금남禁男의 장소이다.
황제의 여인들만이 살았던 곳으로 환관宦官 이외의 남자는 접
근하지 못한 곳이다. 궁중의 온갖 비화와 음모가 뒤엉켰던 장
소였지만 아무런 기록도 남겨진 것이 없어 정확한 실상이 전
해지지 못하고 있다. 황제의 후궁과 그 시녀까지 합치면 수
백 명 또는 수천 명이 거기 살았다는 애기만 무성하게 남아
있다.

로마제국에 관해 많은 책을 쓴 유명한 시오노 나나미의 글
을 보면 이 하렘에 프랑스 여인이 한 명 있었다고 한다. 그가
낳은 아들이 황제가 되는 바람에 대비大妃 자리에까지 오른 이
여인은 나폴레옹의 부인이 된 조세핀의 4촌 동생이었다는 것

이다. 아무튼 토프카프궁전을 보고나면 중국의 자금성을 보 았을 때처럼 오스만튀르크제국이 얼마나 강대했던가를 알게 된다. 전성기에는 아프리카 북단에서 중동과 중앙아시아를 포함해 유럽의 발칸반도와 불가리아 루마니아까지를 국토로 삼았던 대제국이 바로 오스만튀르크라는 나라였다.

이스탄불에는 일반 민중들의 삶을 볼 수 있는 유명한 재래 시장 바자르가 있다. 가장 크다는 그랜드 바자르는 5백 년이 넘는 역사를 지닌 시장인데, 65개의 골목길이 있고 길 양쪽으 로 3천3백 개가 넘는 가게가 있다. 출입구가 20개가 있어 처음 찾는 사람은 길을 잃고 쩔쩔매는 곳이기도 하다. 그랜드 바자 르에는 없는 것이 없다는 비유가 그대로 들어맞는 세계 최대 규모의 재래시장인 것 같다. 나는 이 시장을 구경할 때 우리 일행을 인솔했던 현지 안내인으로부터 길을 잃지 말라는 주 의를 여러 번 받았다. 온통 미로迷路였다. 땅에 깔린 타일, 하 늘을 가리운 천정, 이 모든 것이 로마제국 때부터 내려온 원 형을 그대로 보전하면서 수리를 거듭했다는 것이다. 글자 그 대로 고색창연한 저잣거리였다.

이스탄불의 이스탄불다운 특징은 그리스 로마의 잔영殘

影이 오스만튀르크와 함께 존재하는 데 있다. 터키를 대표하는 소설가이며 노벨문학상 수상자인 오르한 파묵(Orhan Pamuk)은 『내 이름은 빨강』이란 작품에서 그림 그리는 화가를 주인공으로 삼아 동양과 서양, 아시아와 유럽의 문화와 세계관이 상충하는 모습을 그려냈다. 이스탄불은 그러한 곳이다. 나에게 있어 이스탄불은 다시 한번 가보고 싶은 매혹의 도시였다.

작은 불씨 큰 사건

　역사를 바꾸어 놓은 큰 사건도 때로는 사소한 일이 그 기폭제가 되는 수가 있다. 유신체제를 끝나게 한 10 · 26 사건도 여기 해당된다. 10 · 26 사건이란 1979년 10월 26일, 당시 중앙정보부장이던 김재규金載圭가 박정희 대통령을 살해함으로써 유신체제를 끝나게 만든 사건이다.

　이때 나는 KBS의 방송담당 이사로 있었다. 지금껏 잘 알려지지 않은 일이지만 10 · 26 사건은 KBS와 직접 관계가 있다. 나는 역사적 사건의 한 단면을 증언한다는 뜻에서 그때 있었던 일을 여기 써 보고자 한다.

　　　　　　　　　　내 마음의 작은 동네

사건 당시 공식적으로 발표된 박 대통령의 그날 일정은 충청남도 삽교천의 방조제 준공식 참석으로 되어 있다. 그러나 사실은 그렇지 않았다. 박 대통령은 삽교천 행사를 마치고 바로 서울로 온 것이 아니라 당진唐津에 있는 KBS 라디오 방송 송신소를 찾았다. 그곳에서 기념식수를 하고 북한을 비롯, 공산권으로 보내는 방송 현황을 보고 받은 다음 서울로 돌아왔다. 그리고 곧바로 궁정동에서 그날 밤 사건이 일어났다.

　　그러면 왜 대통령의 이 마지막 행사 참석이 발표되지 않았는가. 그 이유는 KBS의 당진 송신소가 공산권에 대한 심리전 방송의 중요 시설이기 때문에 국가 보안규정상 밝힐 수 없었기 때문이다. 북한은 물론이고 블라디보스토크, 나호도카 등 시베리아와 사할린, 또 중국 북방 전역까지 방송 청취가 가능하도록 출력을 1,500kw로 강화한 이 송신소 보강공사는 KBS와 중앙정보부 관계자가 몇 달 동안이나 철야작업을 하면서 애쓴 사업이었다. 나도 몇 번 현장을 가 보았다.

　　그런데 준공행사 전날 청와대 경호실에서 통지가 왔다. 대통령은 예정대로 참석하지만 정보부장이 빠지게 되었으니 방송사측도 참석 인원을 줄이라는 것이었다. 그래서 KBS에서는 최세경 사장과 김종면 기술담당 이사만 참석하고 나는 빠지게 되었다. 중앙정보부가 주동이 되어 만든 시설 준공행사에, 그것도 대통령이 참석하는 행사에 정보부장이 빠진다는 것은 아무리 생각해도 납득이 잘 되지 않았다. 그때 이미 일이 이렇게 어긋날 만큼 청와대 경호실장 차지철車智澈과 중앙정보부장 김재규 사이에는 반목과 견제가 극심했던 것이다.

그해 10월 16일에 일어난 경남 일대의 유신반대 데모 이른바 부마釜馬사태 해결책을 놓고도 경호실장과 정보부장 간에 이견이 심했던 것은 널리 알려진 일이었다. 내가 듣기로는 김재규 부장이 당진 송신소 행사에 참석키 위해 온갖 준비를 다해 놓고 대통령의 헬리콥터에 동승을 희망하고 있었는데, 행사 전날 갑자기 경호실로부터 안 된다는 통고를 받자 책상을 내리치며 분개했다는 것이다.

자기를 끝내 따돌리려는 차지철이 죽이고 싶도록 미웠을 것이다. 또 그 동안 여러 차례에 걸쳐 그런 차지철을 두둔하고 그가 하자는 대로 하는 박 대통령에 대해서도 김재규는 같은 감정을 갖게 된 것이 아닌가 여겨진다. 만약 그날 KBS 행사에 김재규가 대통령과 헬리콥터에 동승해 참석했고, 또 박

내 마음의 작은 동네

대통령으로부터 "김 부장 수고 많이 했네."라는 칭찬의 말이라도 한 마디 들었더라면 그날 밤의 궁정동 비극은 일어나지 않았을 것이다. 이렇게 본다면 KBS 송신소 행사의 사소한 불씨가 역사의 큰 물줄기를 바꾸게 한 큰 사건으로 번졌다고 볼 수 있다.

김재규의 범행은 그 후 재판 과정에서 밝혀졌지만 대통령을 살해한 다음 권력을 어떻게 장악하여 나라를 어떻게 이끌겠다는 준비된 계획이 전혀 없었던 우발적 행동이었다. 따라서 그의 범행은 권력 암투와 적대자에 대한 증오심이 일으킨 충동적 행동이었다고 볼 수밖에 없다. 조그마한 촛불 하나가 열차에 실려 있던 화약고를 터뜨려 도시를 박살 낸 지난날의 이리裡里역 참사사건처럼 유신체제의 종말을 가져온 10·26 사건은 이와 같이 사소한 불씨가 기폭제가 되어 일어난 큰 사건이었다.

권력은 인간을 이렇게 파괴시키는가 하는 서글픔을 준다. 왜냐하면 박 대통령과 김재규 차지철 세 사람은 내가 현역기자 시절, 접촉이 가능했던 취재 대상이었고, 또 내가 그 세 사람의 관계를 잘 알기 때문이다. 우선 박 대통령과 김재규 부장과의 관계다. 고향이 같은 동향 선후배로서 함께 군대에 들어가 30년 넘게 같은 바닥에서 끌어주고 밀어주면서 살아온 것이 두 사람의 관계였다. 그런 김재규가 어떻게 시저^{Caesar}를 암살한 브루투스^{Brutus}가 되었는가. 권력의 비정함을 느끼지 않을 수 없는 일이다.

나는 지난 1975년 9월 1일부터 6일간, 새마을지도자 연수원에서 당시 건설부장관이던 김재규와 같은 방에서 함께 지낸일이 있다. 그때는 새마을운동이 한창이던 때여서 박 대통령의 방침으로 각계각층의 지도급 인사들이 번갈아 새마을연수원에 입교해 합숙훈련을 받도록 되어 있었다. 당시 나는 KBS 보도국장이었는데 지도자교육 3기생으로 입교했다.

총 인원 103명으로 이를 7개반으로 나누어 합숙시켰다. 나는 제5반에 배치되었다. 둘씩 자게 되어 있는 2층침대 7개와 회의탁자가 마련되어 있는 내무반에서 함께 합숙하게 된 5반 인원은 모두 14명이었다. 합숙 동기생(?)에는 김재규 뿐 아니라 이동욱 동아일보 부사장, 장덕진 농수산부차관, 임철순 중앙대총장, 이천환 성공회주교, 하점생 서울시교육감, 박승규 청와대 민정수석 등 많은 분이 있었는데, 나는 공교롭게도 김

내 마음의 작은 동네

재규 장관과 한 침대를 같이 쓰게 되었다. 4년 후 이 사람이 중앙정보부장이 되어 박정희 대통령을 살해하게 될 줄 그 누가 알았겠는가.

1주일 동안 같은 침대를 쓰면서 그와 많은 얘기를 나누었으나 지금 기억나는 내용은 별것이 없다. 다만 그때 내가 느낀 것으로는 그는 질서를 존중하는 전형적인 군인, 그것도 죽음의 미학을 찬양하는 일본 사무라이(武士)를 동경하는 그런 사람이었다. 내가 일본 특파원을 했다는 사실을 알고는 세지마 류조(瀬島龍三)에 대해 이것저것 질문해 온 것이 생각난다. 세계적 기업인 이토츄(伊藤忠)상사 회장을 지낸 세지마 류조는 원래 군인이었다. 일본 육사를 나온 엘리트 군인으로 2차 대전 말기에는 관동군 참모로 있다가 소련에 억류되었다 석방된 파란 많은 군인이었다. 일본에 귀국한 후 경제계 거물이 된 유명인인데, 우리나라에서도 번역되어 많이 읽힌 일본 소설『불모지대不毛地帶』의 주인공 모델이 된 사람이다.

김재규의 과거를 보면 그는 군인이 되고자 퍽 애쓴 사람이다. 경북 선산 출신인 그는 안동농림학교를 졸업한 후 일본으로 건너가 항공병학교航空兵學校 예비간부후보생, 이른바 요카

렌(予科練)에 자원 입대했다. 2차 대전 말엽 가미카제(神風)라는 자살특공대 비행사를 많이 배출한 곳이 바로 이곳이다.

8·15 해방으로 살아서 고향에 돌아온 김재규는 만주군 장교로 있다가 귀향한 고향 선배 박정희를 찾아가 앞날을 의논했다. 이것이 두 사람의 첫 만남이었다. 김재규는 박정희보다 아홉 살이나 밑이지만 1946년 9월 당시 미군정하 경비사관학교 2기생으로 함께 입교, 군인으로서의 인연을 맺게 되었다. 김재규의 군대생활은 그다지 순탄치 않았다. 박 대통령이 좌익(남로당)에 관련되어 군에서 쫓겨났다가 복직된 것처럼 그도 어떤 사건에 책임을 지고 군에서 쫓겨난 일이 있다. 김천중학과 대구 대륜중학에서 잠시 체육교사를 하다가 군에 복귀했다.

1955년 박정희 당시 육군준장은 38세의 나이로 제5사단장에 취임했다. 박 사단장은 대령으로 있던 김재규를 사단참모장으로 발탁했다. 이때부터 두 사람의 사이는 선후배에서 주종관계로 그 인연이 바뀌게 되었다. 5·16 군사혁명이 일어난 후, 김재규는 63년 장군으로 진급, 육군 제6사단장에 올랐다. 64년 한·일회담 반대 데모가 크게 번져 계엄령이 선포되었다. 이른바 6·3사태였다. 이때 김재규는 사단병력을 이끌고 서울에 진입, 계엄군으로서의 업무를 수행했다. 박 대통령은 이때부터 김재규의 능력과 충성심을 믿게 되었고, 김재규는 순풍에 돛단배처럼 출세가두를 달리게 되었다.

박 대통령과 김재규 정보부장 간에 틈이 생긴 것은 차지철이라는 특이한 인물이 청와대 경호실장이 되면서부터였다. 5·16 때 공수부대 대위로 쿠데타에 가담, 박정희 육군소장의 경호원으로 모습을 드러낸 차지철은 민정 이양 후 국회의원이 되어 국회 내무위원장과 외무위원장을 역임하면서 정치인의 길을 걸어온 사람이다.

나는 국회 출입기자 시절 그와 비교적 가깝게 지낸 사이여서 그를 잘 안다. 1974년 육영수 여사가 비명에 가고 그 책임으로 박종규 경호실장이 물러나면서 차지철이 후임 경호실장이 되었다. 나는 차지철이 그 자리에 가서는 절대로 안 된다고 생각한 사람이다. 나는 당시 당사자에게 대놓고 그런 말을 한 일도 있다. 내가 안 된다고 하는 이유는 두 가지였다.

첫째는 경호실장은 경호만 하는 책임자여야 하는데 정치적 야심이 있고 정치의 맛을 본 사람이 그 자리에 앉는다면 권력의 속성상 정치가 문란해질 소지가 많아지기 때문이다. 특히 박 대통령처럼 막강한 권력을 혼자 틀어쥐고 있는 독재자의 측근이 되면 누구나 권력의 유혹을 받게 되는데, 차지철의 경우 더욱 안 될 일이었다. 두 번째 이유는 차지철의 성장과정을 보면 그는 한(恨)이 많은 사람이다. 사람과 세상에 대해 증오와 반감, 거기에서 오는 복수의 쾌감 같은 것을 추구할지 모르기 때문이다.

차지철은 경기도 이천군 마장면 태생이다. 어머니는 주막집을 했고 아버지는 일제 식민지 때 경찰이었다. 그에게는 어머니가 다른 이복형이 있고, 아버지가 다른 동복 누이동생이 있었다. 아버지는 집을 나갔고 어머니는 다른 남자에게 개가해 살 수밖에 없는 가정형편이 아주 복잡하고 가난한 처지에서 자랐다.

이런 환경 탓이었는지 차지철은 어린 시절 유일한 놀이가 기찻길 놀이였다고 한다. 친구들과 기찻길에 서 있다가 맨 마지막에 내려오는 사람이 이기는 놀이였는데, 그가 늘 1등이었다. 기차가 달려오는 것을 보면서 아슬아슬한 순간에 그 기차를 피하는 이 게임은 죽음과 맞서는 놀이였고 두려움을 극복

내 마음의 작은 동네

하는 시합이었다. 차지철은 세상에 대한 원한, 두려움, 불만을 이 기찻길 놀이를 하면서 발산했는지 모른다.

그렇다면 성격과 나이와 경력이 많이 다른 김재규와 차지철을 가장 중요한 자리에 앉히면서 그 관계를 정리하지 못한 책임은 박정희 대통령에게 있다. 박 대통령의 18년에 걸친 통치 기간을 살펴보면 그의 인사정책, 쉽게 말해 통치 용병술은 철저한 '디바이드 룰(Divide & Rule)'이었다. 독재자들이 공통적으로 쓰는 방법인데 박 대통령은 특히 이에 능수능란했다. 자기 이외의 누구에게도 권력이 집중되지 않도록 서로 견제시키는 분할통치 방식이었다. A가 강하다 싶으면 B를 키워 A를 누르고, B가 지나치다 싶으면 A를 다시 편들어 주는 용의주도한 수법을 썼다. 이런 측면만 확대해 보면 박 대통령은 틀림없는 마키아벨리스트라 할 수 있다.

정당운영도 마찬가지였다. JP(김종필)를 이용해 구정치인들을 누르는가 하면, 반김反金 세력을 만들어 JP를 견제한다든가, 육사 8기생인 강창성 보안사령관을 시켜 같은 8기생인 윤필용 수도경비사령관을 거세한 일 등 열거하자면 많다.

김재규와 차지철의 관계도 처음에는 이 분할통치 방식으

로 서로를 견제시켜 아무도 권력을 독점하거나 지나치게 행사할 수 없도록 하기 위한 박 대통령의 용병술에서 나왔다고 보인다. 그러나 장기 집권에서 오는 경계심 부족이었는지, 아니면 나이 탓에 찾아든 안일함 때문이었는지는 모르겠으나, 믿는 도끼에 발등 찍힌 격이 되고 말았다. 박 대통령이 그 많은 공적을 남겼음에도 불구하고 비극적 최후를 맞은 것은 이 '디바이드 룰'의 속성이 부정적으로 역류해 생긴 불행이었다고 할 수 있다.

10·26 당일 있었던 최후의 만찬 광경을 보면, 시저가 죽을 때 브루투스를 보고 "너마저…"라는 비통한 말을 남겼는데, 박 대통령은 김재규를 향해 아무 말도 하지 않았다. "너이놈!" 하고 한 마디 호통이라도 마지막으로 칠만한데 그런 일이 없었다. 또 아무리 졸지에 당한 일이었다고 해도 태권도 4단에 유도 3단의 무술실력을 가지고 있던 차지철이 육탄전 한번 해 보지 못하고 목숨을 잃은 것도 운명의 장난 치고는 너무 허망했다는 생각이 든다.

또 그 자리에 함께 있었던 김계원 비서실장의 태도도 애매하기 짝이 없었다. 김재규와 호형호제 하는 가까운 사이였다

할지라도 그가 권총을 들고 날뛰는 것을 본 이상 몸을 던져서라도 김재규의 행동을 저지하려 했어야 하는데 그렇지 못했다. 4성 장군다운 늠름한 모습은 끝내 보이지 않았다.

회고해 보면 박정희, 김재규, 차지철, 이 세 사람이 세상을 떠난 것이 어제 일 같은데 벌써 30년이 훨씬 넘은 먼 옛날이 되었다. 지금은 그때 그 사람들과 접촉했던 언론인도 점점 줄어들고 있다. 거듭 생각하건대 아무리 작은 불씨라도 때로는 역사를 바꾸는 큰 사건의 기폭제가 된다는 것을 모두 명심했으면 좋겠다.

※ 이 글은 2012년 9월 『관훈저널』(통권 124호)에 게재되었던 것인데, 이것이 동아일보 2013년 8월 30일과 9월 10일자 신문 「타는 목마름으로 민주주의여 만세」(허문영 기자 집필)라는 기획기사에 그대로 인용되었음을 첨언해 둔다.